愤怒是生命
给你最好的礼物

（印度）亚伦·甘地 ◎ 著

宣奔昂 ◎ 译

海南出版社

谨以此书献给我的四个孙子与孙女，伊丽莎白、迈克尔、乔纳森和玛雅，以及世界上所有刚出生的和尚未出生的孩子。如果想要拯救世界，必须改变自己。

圣雄甘地

甘地纺纱

甘地（右）与尼赫鲁

甘地（右）与泰戈尔

目录

祖父教给我的人生之课

那年，我们一家人从南非去印度看望祖父。他是世人尊崇的圣雄甘地，但对我来说，他更是那个父母常挂嘴边的慈祥祖父。从南非到印度的旅途遥远而艰难。火车从孟买出发，拥挤的三等车厢隔间里充斥着烟味和汗味，十六个小时的车程在列车引擎飘来的浓烟中度过。等火车在沃尔塔站停下的时候，我们都已筋疲力尽，但总算逃离了漫天的煤灰，吸上了一口新鲜空气。

早晨还不到九点，太阳就很晒了。火车站仅有一个月台和一间站长室，还好父亲找来一个穿着红长衫、系着缠腰布的搬运工帮我们提包裹，领我们到坐马车的地方。父亲把我六岁的妹妹艾拉抱上马车，让我上车坐在妹妹旁边，他和母亲则在马车后面跟着我们。

"那我跟你们一起走路。"我说。

"路那么远，得走十来公里呢！"父亲对我说道。

"这算什么。"十二岁的我坚持不坐马车,想在父母面前表现得成熟老练一些。

没过多久,我就后悔了。太阳越来越晒,从火车站出来两公里不到,四平八稳的马路就变成了尘土飞扬的泥路。很快,我便累得汗流浃背,满身是灰。但我心里清楚,我不能现在反悔,爬到马车上去。家规决定了无论何时,我们都要做到言出必行。所以这并非我死要面子,规矩就是规矩,我必须走完全程。

走了许久,我们总算快到祖父在赛瓦格兰姆的静修院了。出人意料的是,我们从千里之外赶来,目的地竟是印度一处偏远贫穷的地界。我一直以为,给世界带去爱与美的祖父肯定住在一处鲜花遍地、水瀑绵延的世外桃源。而现实并非如此,这个地方干燥、多尘、渺小,只有几间低矮的土坯房和一方公用的黄土地。难道我千里迢迢赶来就是为到这样一个荒凉之地?我心想着至少也得有个欢迎会,可几乎没人注意到有人来了。我问母亲,"人呢?人都到哪里去了?"

我们在一间简陋的土房子里坐下,我洗了个澡,搓掉脸上的泥垢。在这之前，我只见过祖父一面，那时我才五岁，现在已难忆起当时的场景。如今即将再次见到祖父，我突然紧张起来。父母三令五申，嘱咐我们在祖父面前恪守礼节。他不仅仅是我们的祖父，他是有身份的人。远在南非的人们也都景仰他。于是我就幻想，祖父静修的地方必定是一座精致的宅院，肯定有一堆仆人守候和照顾着他。

我又错了。迎接我们的不是什么宅院，而是另一座破破烂烂的土房子。我们走进房里，踩着泥地穿过走廊，来到一个不过十平方米左右的房间——这便是圣雄甘地的栖身之所。房间角落里，那块薄薄的棉垫上坐着的，就是我的祖父。

后来我才知道，这间土房子还迎接过特地前来与祖父商谈国是的各国元首。年迈的祖父已经没有牙齿，看见我们来了，露出满意的笑容，招呼我们往屋里走。

我和妹妹随着父母来到祖父跟前，准备行印度传统的跪拜礼。但还没等我们跪下，祖父就将我和妹妹一把搂入怀里，抱着我们不肯放手。他亲吻着我们的脸颊，逗得妹妹咯咯直笑。

"你们一路过来很辛苦吧？"祖父问道。

我难掩心中的激动，对祖父的敬畏让我简直快说不出话来，"祖父，我从火车站一路走到了这里。"

祖父眼睛一亮，笑着问我，"真的吗？爷爷为你感到骄傲！"说完，祖父激动地在我脸上亲了又亲。

我顿时感觉被爱包围，能够拥有祖父无条件的爱是我人生最大的幸福。

不过，祖父给予我的远比疼爱更多。

在静修院停留几日后，父母和妹妹便去印度其他地方拜访我母亲的家人。而十二岁的我留了下来，而且一待就是整整两年。我与祖父一起生活、出行，从一个不谙世事的孩子变成一个走向成熟的少年。在这两年里，我从祖父那里学到了太多，也是祖父的教导与训诫彻底改变了我人生的轨迹。

祖父有一台手摇的纺车。在我眼里，祖父的人生是一条由故事和教诲构成的金线，这条线穿梭于一代又一代人中间，织出一张坚实的网，支撑着我们的生命。很多人都是从电影里了解我的祖父，由他发起的非暴力运动进入美国后，唤醒了美国民众的人权意识。而我看到的甘地是一个温暖慈爱的祖父，一个努力培养我成才的长辈。他一直激励着我和其他更多人成为更好的自己。他关注社会公平与正义，是真正为民生疾苦所动，而非坐而论道。他相信任何人都可以过他想要的生活。

如今的我们比以往任何时候都更需要听从祖父的教诲。如今的世界充斥着愤怒，祖父若亲眼看见，一定会感到不悦，但他不会因此而悲伤绝望。

> 天下是一家。

祖父一直说，"天下是一家。"危机和仇恨是祖父那个时代的主题，而他的非暴力理念却帮助印度获得解放，成为全世界推广人权的典范。

现在，仇恨并未消散，人类必须停止自相残杀，去解决真正的危机。大规模枪击和致命的爆炸在如今的美国已然成为新常态。警察和游行者无辜枉死，儿童在学校和街上被害，社交媒体成为仇恨和偏见的平台，政客煽动民众滋事。

祖父倡导的非暴力并非以消极和软弱处世。与之相反，非暴力崇尚用道德武装个人，以社会和谐为己任。在非暴力运动开始之初，祖父想让人为这场全新的运动取名。有人提议用梵语中的 sadagraha，意为"坚持善行"。祖父之后将其改为 satyagraha，意为"坚信真理"。后来有人译为"灵魂之力"——唯有正确的价值观才能够真正地赋予我们力量去改变现实、改造社会。

我们现在急需的正是这样一种坚信真理的精神。祖父发起社会运动，促成政治变革，解放上亿印度人民。但更重要的是，祖父想要告诫世人：我们可以放弃暴力，通过爱和真理达成理想和目标。我们只有放下猜疑，相互信任，积极勇敢，才能大步向前。

祖父不喜欢给人分群，贴上标签。尽管他对宗教笃信不疑，但他坚决反对任何宗教对人的疏离和割裂。在静修院，我们每日清晨四点半醒来，为五点的晨祷做准备。祖父阅读过不同宗教的原典，他的祷告便取自所有这些经书。他认为任何宗教都掌握有一定的真理，但任何宗教都不可能掌握全部和唯一的真理。

祖父反对英国对印度的统治，支持国家和人民独立自主，致力于传播爱与和平，却因此被囚禁六年。祖父倡导的和平和团结威胁着许多人的私利，于是他们把他和他的妻子，以及他的好友摩诃德夫·德赛全部关进监狱。德赛于一九四二年因心脏病突发在狱中去世。而祖父深爱的妻子卡丝特芭也于一九四四年二月二十二日在祖父怀中离世。三个月后，祖父出狱，茕茕孑立。翌年，我来到祖父家里，他决心教导我如何为人处世。

与祖父生活的两年于我于他都很重要。那时，印度已经成功独立，但暴力和分裂仍旧猖獗。祖父在世界舞台上指点江山，而我则努力地改变自己，控制情绪，发掘潜能，认识世界。我一边见证着祖父改变历史，一边聆听着他对我个人的谆谆教导。一切都是为了实践他的人生理念——改变世界，从改变自己开始。

> 改变世界，从改变自己开始。

在暴力和仇恨甚嚣尘上的当下，我们急需改变。但想要改变现状的人们却感到很无力。现代社会存在巨大的贫富差距，一千五百万美国儿童和上亿世界儿童仍食不果腹，而富足的人家却不知节俭，铺张浪费。印度北部一个小镇的右翼法西斯分子最近毁坏了祖父在当地的雕像，并且扬言："你们就等着一连串的恐怖袭击吧！"我们必须采取行动，制止这般疯狂的行径。

祖父在世时已经预料到如今的混乱形势。就在他被害前一周，有记者这样问他，"如果哪天您去世了，您的理念将会何去何从呢？"他伤感地答道："我活着的时候，人们追随我。等我死了，人们纪念我。但我的追求永远不会成为他们的追求。"祖父的追求正是我们的追求。他的智慧体现于日常细微处，却能帮助我们解决大问题。祖父的人生哲学从未过时，正是现代社会症结的一剂良方。

祖父用抽象的真理和具体的指导改变了历史的进程，现在轮到我们把这些教训投入现实生活中去了。

祖父教给我的人生道理彻底改变了我的一生，希望你也能从中获益，重获平静，找到人生的意义。

化愤怒为力量

面对暴力与仇恨，祖父总是回以爱和原谅，这般谦和大度让全世界都为之惊叹。祖父从不被愤怒冲昏头脑，而我却做不到。身为印度人的后代，在种族意识极强的南非长大总免不了被白人孩子攻击不够白，被黑人孩子嫌弃不够黑。

某个周六的下午，我走去买糖吃，路上经过白人居住的区域，正好让三个白人孩子逮个正着。一个孩子打了我的脸，另外两个孩子见我倒地就开始踢我，边踢边笑。他们打完就跑，生怕让人看见。那时我才九岁。翌年，印度教举行一年一度的排灯节时，家里人都在镇上与朋友欢聚。在赶去那边的路上，我在街角撞上一群年轻的黑人。其中一人在我背上狠狠地打了一棍，不因为别的，就因为我是印度人。我强压着怒火，想为自己报仇。

为了报仇，我开始举重，锻炼身体。父母眼看我跟人打斗不断，内心相当绝望。他们是祖父派来传播非暴力思想的使者，却有一个乖张戾气的儿子。他们想尽办法让我平静下来，却都无济于事。

然而，暴怒并没有给我带来快乐。牢骚满腹、报仇之心反而让我变得更弱，而非更强。父母希望与祖父待在静修院能助我化解戾气，学会更好地控制情绪。我也希望如此。

我与祖父初见时，便为他的沉稳与安定所折服——无论别人言辞如何粗鲁，他都岿然不动。我决心要以祖父为榜样，并且有了些许进步。父母和妹妹离开后，我在村里遇上一群与我年龄相仿的孩子，我们就在一起玩了。他们拿一个网球当足球踢，我用石子在地上摆出球门的形状。

我喜欢踢足球。这些孩子从一开始就取笑我的南非口音，但我见识过比这更过分的，所以便忍了。然而在快速进行的游戏中，我只顾追着球跑，不料被一个男孩故意地绊倒了。这一绊，我整个人都摔到硬地上。受伤的不只我的膝盖，还有我的自尊——我心跳加速，愤怒在脑海中疾驰，心里只想着如何报复。我从地上捡起一块石头，站了起来，怒不可遏。我举起手，想朝着那人恶狠狠地扔过去。

但脑海中有个声音轻轻地说："别这样干。"

我扔掉石头，跑回静修院，向祖父哭诉这一天的经历。

"祖父，我太容易动怒了。我该怎么办？"

祖父一定对我失望透顶了。但他没有发火，反而拍着我的背说："来，带上纺车和棉花。"

我一到静修院，祖父就教我怎么用纺车。早上一小时，晚上一小时，心就能平静如水。祖父喜欢一心多用，他经常一边坐着说话，一边用手纺纱。我听他的话，摆好了纺车。

祖父笑了笑，纺着棉花，打开了话匣子，我坐在一旁听。

"我给你讲个故事，"他说，"曾经有个男孩，岁数跟你差不多，动辄发怒泄恨，好像全世界都跟他对着干似的。他接受不了别人看问题的角度，所以一旦别人跟他意见不合，触怒了他，他便勃然大怒。"

我隐隐地感到，祖父说的好像就是我，不知不觉听得更加认真了。

"某天，他在跟人打斗的过程中，意外地杀了人，"祖父接着说，"盲目的冲动夺取了一条生命，也毁了一段人生。"

"祖父，我保证会改的。"说这话的时候，我压根不知道怎么改，但我绝不想因为自己的愤怒而戕害了他人的性命。

祖父点头说道："确实要改，你父母跟我谈过你在家的表现。"

"我错了。"我差点哭了出来。

但祖父的话还没有说完。他从纺车后面看着我，"被激怒并不总是坏事。愤怒，或者说愤懑，其实也是一种动力。我就经常感到愤愤不平。"祖父转着纺纱轮说道。

我根本不相信我的耳朵。"我从没见过您发怒。"我回复道。

"因为我学会了化愤怒为力量，"他解释道，"愤

怒之于我们正如汽油之于汽车——给我们动力，推我
们前行。愤怒能激励我们主动出击，做出改变，寻求
正义。"

愤怒之于我们正如汽油之于汽车——

给我们动力，推我们前行。

愤怒能激励我们主动出击，做出改变，寻求正义。

当祖父还是个孩子时，他在南非也遭到过歧视，受
人欺侮，他当然也很愤怒。但他后来明白，报仇并不能
解决问题。于是他便以德报怨，用善良回应愤怒和仇
恨，以怜悯对抗偏见和歧视。他相信真理与爱的力量，
而报仇毫无意义，只会蒙蔽人们的双眼。

原来祖父并非生来就与人为善，如今受人敬仰的圣
雄甘地也有着一段不为人知的过去。在他还处在我的年
纪时，祖父偷了父母的钱去买烟，跟其他孩子厮混。等

他与我祖母在十三岁完成包办婚姻，家里也是争吵不断，祖父甚至都曾想把祖母从家里扔出去。但他不喜欢这样的自己，他开始学着控制自己的情绪，保持一颗平常心。

"我也能学会吗？"我问道。

"你不是正在做着吗？"祖父笑着说。

我纺着棉花，心想着如何化愤怒为力量。我肯定还会感到愤怒，但我不必把愤怒发泄到别人身上，而应该朝着积极有益的方向走。就像曾经愤怒的祖父，现在正平静地追寻着南非和印度的政治变革。

讲到如何把愤怒转化为积极的能量，祖父拿眼前的纺车举了个例子。几个世纪以来，织布都是印度传统的家庭手工业。而如今英国大型的纺织厂从印度收购棉花，回国加工后又以高价出口到印度。印度人民不服气，他们衣衫褴褛，买不起英国制造的布料。但祖父没有因此抱怨英国工业冲击印度经济，反而开始自己纺纱织布，鼓励各家各户自己动手，丰衣足食。祖父的举动影响了整个印度，甚至还影响到英国。

祖父见我听得入迷，又想起另一个比喻——他可真喜欢打比方——这回，他把愤怒比作电。"合理导电，电就能为我们所用。而倘若滥用乱用，我们可能触电身亡。愤怒亦然。用好了就能造福人类，用不好就会招致祸患。"

合理导电，电就能为我们所用。而倘若滥用乱用，我们可能触电身亡。愤怒亦然。用好了就能造福人类，用不好就会招致祸患。

我自然不希望因我一时冲动导致自己或他人的生命"短路"。但我仍然不知道如何化愤怒为力量。

祖父可以很抽象哲学，但也可以很实际。他拿给我一个笔记本和一支笔，让我写一本愤怒日记。"每次你怒不可遏的时候，赶快打住，写下来是谁或者什么事情惹你生气，而你又为什么反应这么激烈，"他说道，"这样做的目的是为了找到愤怒的根源。只有找到愤怒的根源，才能想办法铲除它。"

平息怒火的关键在于接纳不同的观点。愤怒日记不是给你泄愤用的，现在太多人越写越觉得自己有理，所以写完反而更加愤怒了。但实际上，愤怒日记是为了帮你理清冲突的缘由，发现解决的途径。你需要把自己从情境中抽离出来，然后分析一下对方的处境。这样做并不是让你缴械投降，而是为了找到一条和平解决争端的道路。

有时我们想解决矛盾，但我们解决矛盾的方法却是火上浇油。我们用愤怒武装自己，想着对方肯定会乖乖投降。但对别人进行攻击、指责和威胁，最后都会祸及自身。愤怒的回应只会让矛盾升级，我们在不知不觉中变成了恶棍，而没意识到恶棍其实是最没用的人。那些在学校、职场和政坛待人刻薄、自视甚高的人内心往往是最软弱、最缺乏安全感的。如祖父所说，只有理解、接受和原谅他人才是强者的表现。

我们花大量的时间健身来获得强健自立的体魄，但很少有人会花时间去经营平和自持的头脑。倘若我们的大脑失控，就容易朝别人发火，这时的言行会让我们过后感到后悔。我们每天有太多时候可能被激怒或者挫败，之后便需决定如何应对。同事说了不好听的话，我们就恶语相向。收到烦人的邮件，我们想都不想就还击过去。愤怒的我们甚至会伤害最亲最爱的人——我们的孩子，我们的另一半。他们惹恼我们，说了我们不爱听的话，我们便大发雷霆。

这些人本该用善意和爱呵护，却为我们的言语所伤，而在气头上的我们受到的伤害并不比他们少。你对人疾言厉色时，内心可曾好受？身体紧绷，怒火中烧，愤怒吞噬了你的理智和专注。愤怒将你困在角落，你眼里就只有这一刻。或许你过后冷静下来，给人赔不是，但伤害已经造成，无法撤销，无法抹平。发怒时说的每句话都是一颗有去无回的子弹。

因而我们需时时提醒自己，愤怒之外还有另外一种选择。

那天在纺车旁，祖父告诉我，怒火其实是对人的一种警告，说明发火的人自己出了问题。而把自己发火的经历写下来只是第一步。学着控制自己的头脑，等怒火再次袭来时就能理智地应对。不再出言顶撞，不再待人刻薄，而是寻求一个皆大欢喜的解决办法。如果你即时的回应不够理智，那么往后的情况只会越来越糟。

"祖父，我得提高自己的控制力！"我说，"我要怎么锻炼呢？"

他说很简单。找一个没有干扰的房间（绝不能带手机），坐下来，拿一样你喜欢的东西，比如一朵花。看着这朵花，把注意力完全集中到这朵花上，持续一分钟或者更长。然后闭眼，看这朵花的影像能在你脑海里停留多久。刚开始，这朵花可能很快就从你脑海里消失了。但只要你反复练习，就能维持更久。维持久就说明你排除了外界的干扰，控制了自己的头脑。

等你长大到一定岁数，不妨更进一步。在同一个房间里，闭上眼睛，感受自己的呼吸。尽可能地把注意力集中到呼吸上，排除杂念。这些练习能提高你对头脑的控制力，能让你在快被怒火冲昏头脑时回归理性。

第二天，我就开始练习，到现在我也在练习。这是控制头脑最好的办法。我当时花了好几个月才学会如何化解怒气，理智行动。情绪管理是一生的修行。你不可能练习了几个月就说自己掌握了。人生处境变幻莫测，愤怒的诱因亦随着改变。因而我们需时刻准备着，警惕任何愤怒的导火索。

　　我很好奇祖父如何懂得化愤怒为力量的道理。

　　"祖父，我能问你一个问题吗？"

　　"当然可以，亚伦。"他答道。

　　"您是怎么知道愤怒原来用处不小、力量也很大呢？"

　　他停下手里的活，笑着说道："这还多亏了你祖母。"

　　"真的吗？为什么呢？发生了什么？"

　　"我结婚的时候年纪还小，不懂得与妻子相处之道。放学后，我还会去图书馆找关于婚姻关系的书来读。有一次我们吵架，我大喊大叫，她却平静理智。我当时就无语了。后来我回想起那件事，才意识到我发火时多么不理性，而你祖母却能优雅地化解当时的困境。倘若她也暴怒地回应，那么这将发展成为一场骂战，最后的结果谁也无法预料。我越想就越觉得，控制情绪绝对是每个人的必修课。"

　　祖父讲这故事时，祖母刚在监狱里去世不久，祖父定然想念着她。之前因为非暴力抵抗，她和祖父被双双关进牢里。每个月，祖父都会为祖母祈祷以作纪念。而祖父的故事让我意识到，冷静应对怒火、化解冲突才是真正的强大。这当然也很难做到。更多时候，一方动口，另一方还击，矛盾只会不断升级。但如果你平和冷静地回应伤害或者惹恼你的人，那么紧张的局面将会被逆转。

　　祖父教给我这一课时，我只是从理论的角度习得了道理，而我真正获得教训是在几年后的一段经历里。那年我二十二岁，从南非去印度探亲。我准备回家，继续为反歧视和反种族隔离而斗争，但不料得了急性阑尾炎，需要立即手术。接收我的护士名叫苏娜达·安比贡卡，她人美心善，我才住了五天院就彻头彻尾地爱上了她。我们都很害羞，我花了好长时间才说服她跟我去看一场电影。下午三点，我到了影院，然后等啊等啊……等到快六点，她才姗姗来迟。她以为我根本不会出现。

她还说迟到是因为医院里有紧急情况，但后来她承认当时只是因为胆小而退缩了。

我们的恋情开始时比较曲折，但后来进展顺利，很快便结婚了。因为要跟我回南非，苏娜达就需要办理签证。起初我并没把签证当回事，我是南非公民，自然有权利带自己的妻子回家。但那个时代正是种族隔离的高峰期，我的国家并不欢迎苏娜达。一年多里，我们想尽一切办法说服政府让我们回去，但都无济于事。我的妻子不能跟我走。我必须在她和在南非的母亲与妹妹之间做出选择。我愤愤不平，心乱如麻。一个政府怎能这般不通情达理？决定的过程十分艰难，但我最后跟新婚妻子留在了印度。

十年之后，我的一个朋友来印度。船靠岸后，一个白人男子抓住我的手，说他要在孟买待一周，想看看这个城市，而我是他遇见的第一个印度人，希望我能做他的向导。他说自己名叫杰基·巴松，是南非议会的成员。

我突然感到胸中怒火重燃。这个人所服务的政府侮辱了我，拒绝我偕妻子入境。我不想帮助他——我想把他扔下船去，给自己报仇雪恨。好在那时我已经按祖父的教导练习如何疏导愤怒的情绪，所以我强忍着怒火，决定息事宁人。我和他握完手就礼貌地述说了我的经历：他的政府不同意我的妻子入境，我们被迫留在印度，成了种族隔离政策的直接受害人。

"我不认同你们的做法，"我告诉他，"不过，现在你是客人，我必须尽地主之谊，让你度过一段愉快的时光。"

我先把朋友安顿了下来，之后几天，我和妻子带着巴松先生和夫人游览孟买，给予他们热情的款待。我们谈论了种族隔离，是它让我的家人无法团圆。离别的那天，他们夫妇俩热泪盈眶。

巴松抱着我说："是你让我们看见了偏见的罪恶。确实是政府的错，回去后我们会想办法对抗这项政策。"

我目送他们上船，心里却怀疑短短几天是否真能改变他们的立场。"我不确定他有多真诚，"我对妻子说，"我们等着瞧吧。"

我没等多久，那边就有了回音。巴松一回家就公开驳斥种族隔离政策。激动的言论导致他被执政党扫地出门，输了选举。但他没有放弃，继续影响和说服了更多的人。

看到他如此大的转变，我终于相信了祖父人生哲学的力量——良言一句三冬暖，恶语伤人六月寒。倘若我当时对巴松恶语相向（或者把他扔下船），那么我能得到一时的满足——我把那个政府官员骂了，他活该！但最后的结果就不会如现在一样令人欣慰。他只会对种族主义更加深信不疑，对黑人和印度人避之不及。

化愤怒为力量，不仅能改善个人的生活处境，更能让世界变得更美好。祖父在他政治生涯很早的时期就懂得了这个道理。一九一三年，他还住在南非，想要发动另一场反抗偏见与隔离的运动。祖父友好地发出对话的请求，言辞恳切而平和，而政府对他的请求置之不理。祖父只好发动群众的力量，让他们参与到和平解决矛盾的行动中来，与他一起抗议。

而就在此时，南非的铁路工人为争取更好的工作条件而准备罢工。祖父意识到这可能会占据人们更多的关注，故而延迟了自己的行动。

"你应该加入我们，"罢工的发起人向祖父提议，"我们可以联手。罢工也是合法的非暴力运动，我们对付的是共同的敌人。"

而祖父却说："我没有把任何人当成我的敌人，他们都是我的朋友。我只想通过教育感化他们的心灵。"

铁路工人纷纷走上街头，大喊口号。他们愤怒，他们失望，他们随时都可能被点燃。而这恰恰给了警察镇压暴乱、阻止罢工的理由。不到四天，工人们乖乖地回到自己的岗位，一事无成。

这件事过后不久，祖父发动了他的反歧视运动。他从一开始就定下了和平抗议、拒绝愤怒的基调。尽管警察用武力镇压，祖父从不称警察和政府为敌人。他想要获得包括警察在内所有人的理解和认同，他不想伤害他们，让他们难堪。警察来抓人时，祖父和追随他的人无条件投降，安静地走进警车里。更多的人出来抗议，更多的人被警察带走——就这样持续了两个星期，监狱都已经满了，再装不下更多的人。到了这时，时任总理的让·C·斯姆茨将军邀请祖父前去协商。他们一起坐下，斯姆茨坦言拿祖父和他的追随者没办法，"你们永远都彬彬有礼、考虑周全，用武力根本打败不了你们。倒是那群怒不可遏的工人比较容易收拾。"

在愤怒时保持冷静并非易事，但只要你试着这样做就会看见效果。不必等大型活动或者抗议，我们在日常与人交往的过程中就能广泛实践。随着我们排解愤怒的能力提高，我们周围的人也会发生变化。没人喜欢被欺负，我们都希望获得他人的理解和认同。让愤怒成为我们改变不公的动力，而非得理不饶人的手段。

那天在静修院，我们坐在纺车旁，祖父拥抱着我，希望我真的听懂了这一课。"化愤怒为力量，"他告诉我，"让愤怒帮你找到解决办法，用爱和真理化解矛盾。"

化愤怒为力量，让愤怒帮你找到解决办法，用爱和真理化解矛盾。

　　那一刻，我感到祖父的爱深沉如海。我终于明白爱和善良定能打败愤怒与仇恨。我的余生必将经历更多的不公和偏见，但我不会再扔出那颗报复的石子。更好的出路在等着我。

第二课

为自己的诉求发声

祖父设立静修院的初衷本是让更多人去追求更高的真理，而很多人根本是随波逐流地来到这里。祖父一直让我们为自己考虑，认为我们不应该为了取悦他人而牺牲自己的想法。他自己就很鼓励追随者挑战和质疑他。

"宁可坚定不移地说'不'，也不敷衍地取悦他人说'好'。"但人们还是不敢质问祖父，祖父在他们眼里是睿智的圣人，是他们的老师。

> 宁可坚定不移地说"不"，也不敷衍地取悦他人说"好"。

而我最先是从六岁的妹妹艾拉身上懂得这个道理的——为自己的诉求发声不但情有可原，而且至关重要。

我们初到赛瓦格兰姆时，父母和妹妹陪我住了一周。我和艾拉早已习惯南非家里的生活，我们住在同是由祖父创立的菲尼克斯静修院。那是他群居生活的第一次试验。起初只有近亲和表亲来这里，但慢慢地朋友也来了，后来人越来越多，他们都为与自然和他人协作生存的想法所吸引。

菲尼克斯静修院的生活十分简单，但比起赛瓦格兰姆则小巫见大巫。在家我们有实用的家具，住在木板和瓦楞铁盖的房子里，而这里全是土房子，我们还得坐在地上。不过最大的差别还在于食物。我们在两个静修院都会种菜，自给自足，但母亲在家做饭总有很多花样，也用很多香料。赛瓦格兰姆的食物简直一塌糊涂。每天我们吃的都是煮熟没有调味的南瓜，每顿饭都跟上一顿一样索然无味。早餐，煮南瓜；中饭，煮南瓜；晚餐，煮南瓜。我和艾拉跟父母抱怨，但他们让我们别作声，毕竟我们是客人，需要听从祖父的安排。我们还想跟厨师商量，但得到了相同的回复："我们只听甘地的。"每个人都默认祖父钦定了菜单，没有一个人质疑。静修院里并非只有我们对食物不满意，但没人想冒犯祖父，也就没人愿意提出诉求。

年幼的艾拉可顾不了这么多。吃了整整一星期的南瓜后，她终于受不了了。就这样，一个六岁的孩子发着脾气，走进祖父的土房喊道："你不如把这个地方叫作南瓜院吧！"

祖父被艾拉的不满震惊了，抬起头问："孩子，你想说什么？"

"自从我们来到这里，早中晚吃的都是南瓜，我都吃厌了。"她不假思索地说道。

"是吗？"祖父大吃一惊。但他幽默地回道，"我们去调查一下。如果事实真如你所说，那就改名字。"

于祖父自身而言，一箪食，一瓢饮，足矣。他甚至还用断食来表示抗议。但他并没让所有人都向他看齐，粗茶淡饭完全是他个人的选择。他很忙，没时间和大家一起吃饭，自然也不晓得大家在吃些什么。

那天晚祷之后，祖父没有像往常那样讲道，而让静修院的管理人向大家解释食物的问题。管理人名叫慕纳·拉尔，他坚称自己是遵照祖父的意思，给大家吃农场自产的食物。

"你的意思是我们的农场只种了南瓜？"祖父问道。

"您说我们得吃得简单点，我就按您的意思办了。"

"但'简单'并不意味着每顿都吃一样的东西。"

管理人羞愧难当，只好坦白。"我们种了一整块地的南瓜，南瓜长势太好了，不吃掉根本都没办法处理。所以我们才吃了那么多天的南瓜。"

祖父觉得这样的计划不妥。"我们准备餐点可以从简，但种植水果蔬菜应该多样。"祖父每每告诫完后总会给出解决方案。"既然我们的南瓜有富余，你不妨带到村子里去跟人换其他蔬果。"

艾拉是我们的英雄——她不仅帮我们争取到更好的食物，而且教会我们敢于发声，直面难题。如果我们担心祸从口出而踯躅不语，那么就永远无法改变现状。

*

父母和妹妹走后，我很快就跟上了静修院的生活

节奏。每天凌晨四点半醒来，准备五点的晨祷。祖父
领头祷告，之后与我们商议当日要事。有时他会直接
谈一些关于静修院本身的实际话题。我总是暗自偷笑，
想着外面的人要是知道甘地关心如何给蔬菜浇水该做
何感想。但对祖父来说，生活无小事。

　　然后我就会练习一小时的瑜伽，再之后就到了打
扫卫生的时间。每个人都要承担脏活累活，比如打扫厕
所。在印度，这些活都是交给社会底层的人干的，但祖
父认为只有打破三六九等的划分才能杜绝偏见，于是我
们就轮流干粗活。倒垃圾对我来说已经是极限。一开
始，我闻到垃圾的臭味就捂住鼻子要逃，希望作为甘地
的孙子能得到特殊照顾。但根本没门！不过跟大家一起
合作一会儿后，这活似乎也没那么累人。祖父常说人人
平等，其实也让我明白工作并无高低贵贱之分。

　　内务之后便是早餐时间，用餐完毕我便与导师到
室外烈日下上课。有时候温度高达四十六摄氏度，我只
能在头上顶一块毛巾。导师脾气古怪，发了誓不到阴凉
处上课。静修院的人们常通过起誓来表达追求目标的决

绝。不过，若是我的导师不那么严格地遵守誓言，我或许还能过得舒服点。

起誓也是印度教的传统。某次我去看望外婆，我的一个阿姨曾发誓一天只吃两顿饭。那天我们去野餐，阿姨没吃午饭，但我和妹妹明明看见她整个下午都在吃糖。我们问她为什么节食。她解释道，"我已经吃了早餐，现在准备撑到晚饭时间！"

与阿姨不同，我的导师言出必行，不走任何捷径。我们在外面待了整整一天，中途只有半小时的午餐时间。外面除了热，还满是尘土，非常干燥。而等到下雨，完全就可以洗个泥水澡了。最可怕的是冬天，零下一摄氏度的气温能把人冻僵。

我的导师还不只这样一个怪癖。某次他与一位居民发生口角，竟朝对方喊了起来。这件事很快传到祖父那里，祖父便向他指出行为的不妥，责令他学习控制情绪。

"您觉得我该怎么做？"导师问道。

"你是个聪明人，自己决定吧。"祖父回答。

出乎所有人的意料，连祖父都没想到，我的导师竟然用一根铁丝缝住了自己的嘴。他用笔写字解释说，他的嘴会一直这样闭着，直到他确定自己不会发脾气为止。而这一缝就是好几个月，其间他只能在嘴角插个漏斗灌流食吃。我再碰见他时，他上下嘴唇的伤疤还清晰可见。因为怕热就躲到阴凉处显然不是他的作风。

祖父并不介意古怪的性格和行为，也鼓励大家按自己的观点行事。但他不能容忍别人不经大脑，随波逐流。他要是知道我们现在想都不想就给人点赞、加关注，肯定会担心。名人分享减肥秘籍，百万粉丝虽然明知行不通，却纷纷响应号召。政客发表粗鲁和固执的言论，与他同一党派的人就会无条件支持。宗教领袖发布的声明侵害了女性权益，信众照样以传统之名全盘接受。

如今太多政客擅长见风使舵，凡事跟着民意调查走，只有触及自己利益时才会站出来。他们不会停下来听取他人的观点，更不可能改变自己的想法，"出尔反尔"反而会被媒体炮轰。祖父倒无心参与党派政治，也不追求政治正确。他每天都尝试新想法，经常质疑那些被自己奉为圭臬的观点。他绝不允许自己得意忘形。他明白一旦信仰被当成教条来供奉，信仰就变成了笑话，失去了目的。

祖父一定有话对那些不为自己考虑、不敢发声反抗不公的人说。六岁的艾拉都做到了，我们为什么做不到？我们绝不能任由他人的观点占领我们的思想高地，而不去思考这些观点是否与我们的信仰相悖。若你接受别人关于"对"和"好"的定义，而不去寻找自己认同的价值观，那么你就跟吃南瓜的人无异。

找到对你而言意义重大的理念和想法，并且站出来捍卫它们，那么即便是逆流而动也没人能够阻挡你前进的步伐。

*

作为甘地的孙子，我一生都在向非暴力的信仰看齐。很长一段时间，我都以为自己必须紧跟祖父的步伐，不可有一丝偏离。但我又想到直言不讳的艾拉，可能祖父更希望我顺从自己的内心。人生哲学并非一成不变，需在考验中不断完善。我跟祖父有着不一样的人生，我们是两个不同的人——你看看我就知道哪里不同了。

"你那么胖，你祖父那么瘦！"印度的孩子们经常这样嘲笑我。

青少年时期，我常常充斥着不安和焦虑，总怕被拿去跟人比较。我当然比不上伟大的甘地。

"我该如何带着这份遗产生活？"我问母亲。

"如果你把这份遗产当作负担，那它只会越来越重。"她告诉我说，"如果它对你来说是通往真理的途径，那就轻松多了。"

自那以后，我不再理会别人的闲言碎语。我可以仰慕祖父，而后继续推动他奋斗终生的事业，但我同样能够做我自己。我不像祖父那样吃素，尝试过但放弃了。我在餐厅碰到过有人过来把我"逮个正着"。他们知道我想传播祖父的言论，但我面前却放着一个汉堡！这时我便需要解释，祖父并非要求我们完全按照教条行事，放弃享受美味。你得思考，得发问，得参与到观念和规则的形成过程中去。所以我并没有违背祖父的教诲，而是把他的想法内化为自己的理念。

祖父教会我，活着不是为了取悦别人。随波逐流无法创造机会，改变世界。在大公司就职的人喜欢伏案加班到深夜，觉得那样能满足上司的期待。这样做真能创造额外的价值吗？他们难道无法在听从自己内心的同时完成工作吗？我们在选择道路时，千万不能被人牵着鼻子走。别人眼里的正道不一定能通向我们想要的幸福。

我们很多人在广告、电视、电影和社交媒体的包围下纷纷陷入物质追求的泥淖。尽管我们知道房子大一点、轿车快一点并不能使我们快乐多少，但我们就是没有勇气回绝这些期待，然后告诉世界，"这不是我想要的生活。"

祖父一生简朴，是因为他觉得自己不能比别人拥有更多。但年轻时的他可不这么想。在伦敦当律师时，他在邦德街上定制了一套高档西装。他甚至还去上舞蹈课，买来小提琴，想把自己打造成一个十足的英国绅士。

后来，他到南非从事法律工作，某次他得坐夜班火车去比勒陀利亚（今名茨瓦内）处理案子。他拿着票来到一等车厢，但有个高大强壮的白人找他麻烦。

"给我出去，你这个干苦力的。"那人喊道。

"我拿着有效的一等车厢车票。"祖父回道。

"我管你有什么。如果你不下车，我就报警。"

"那是你的自由。"

祖父说完便平静地坐下了，他没有去给非白人种设置的三等车厢。

那人下了车，带回来一个警察和一个铁路官员，三个人把祖父扔下了火车。他们奸笑着往外扔祖父的行李，并示意火车继续往前。

祖父在冰冷的月台上坐了整整一夜，颤抖着思考他该何去何从。

"我始终无法理解，人为何会以羞辱同类为荣。"之后他写道。

> 我始终无法理解，人为何会以羞辱同类为荣。

那晚以后，祖父才意识到，他必须为自己的信仰发声。迎合别人的期待并不会使你快乐和完整，世界也不会因此而变得更好。这件事过后几天，祖父就开始发声，反抗种族歧视，激励更多的人回应。他把印度人在南非的不公待遇写进书里，强烈谴责南非的歧视政策。

几年后，祖父再回南非时已经小有名气，对种族隔离的强烈反对引来大量关注。他跟两船的印度劳工驶进南非的港口。政府知道这些人都是麻烦，当地白人不想接收移民，对祖父捍卫人权的行为更是嗤之以鼻。整整两个星期，政府不让船上的人登陆。最后祖父下了船，却被一群暴徒打得头破血流，差点就死在那里。但他还是到了朋友家里，妻子和儿子都在朋友家等着他。他明白挑战不公可能招来杀身之祸，但那时没人能阻止他。为了宏伟的目标，区区一点皮肉之苦算得了什么。

　　故事并没有就这样结束。警察把那群暴徒逮捕了，问祖父是否要起诉。祖父拒绝了。

　　"那我可把他们放了。"警察惊讶道。

　　"没事。"祖父回道。

　　如果他们锒铛入狱，那祖父就跟他们一样在散播仇恨。而他们得知祖父不相信暴力和报仇，或许还会反思自己的行为。有时无声的话语才最有力量。

　　祖父回到印度后不再西装革履，而是换上了缠腰布和披肩。他说，他没有权利比印度最穷的人拥有更多的财产。他并非在颂扬贫穷，他对钱也不是一无所知。他在旅途中总是想尽办法筹钱，而后送给有需要的人。他也明白基本生活所需和奢侈的界限。

　　我的父母也是祖父的追随者。我小时候，他们鼓励我去跟附近农场黑人劳工家庭的孩子玩耍。这也是他们反抗贫富差距的一种方式，让我早早地认识到财富分配的不均。我们当时没有玩具，就会把纽扣粘到火柴盒上做成小车。在附近的小溪里，我们挖来泥土，做成泥人。我们乐在其中，十分珍惜自制的玩具。如今的小孩有数不完的塑料玩具，但常常过一两天就玩腻了。

父母一直认为我们应该在玩耍中学习。所以我上学后也会教农场的小伙伴识字、数数。我能看书了，就教他们看书。我给他们打开了一个全新的世界，每天他们都迫不及待地等我放学回家。美国孩子可能抱怨学校无聊乏味，但对这些孩子来说，他们做梦都想上学，学习于他们而言是一个难得的奇迹。

我教小伙伴看书的事情很快传了出去，非洲的家长从各地赶来让我也教教他们的孩子。有的甚至带着孩子赤脚走了三十里路赶来。来学习阅读和数学的人越来越多，我妹妹都打算帮忙，然后父母也加入了教学的队伍。很快我们有了一所名副其实的"穷人学校"。命运对这些人不公，他们想通过学习改变命运但得不到帮助。我甚至在下午的课上开始抗议这个扭曲的体制。祖父教导我们要创造自己想看见的改变，我们可以通过行动发出自己的声音，当然也可以直接用语言。

我的父母以祖父为榜样，承诺甘于贫穷。我们一家人没有积蓄，只有基本的生活必需品。但在身边的非洲平民眼里，我们简直活在天堂。

我的母亲用她自己的办法帮助社会缓解不平等，而且还有所成效。我们的奶牛产奶较多，母亲便把多余的牛奶卖给穷人，每品脱卖一便士（每半升不到一毛钱）。自家农场的蔬菜与母亲从城里朋友那儿募得的衣物也都象征性地收取一便士。等我长大了发现这样的价格低得离谱，我问母亲为什么不干脆白送。

"人都有自尊，收钱是为了不让他们觉得是施舍，他们也会为出钱养家糊口而感到自豪。"她解释道。

母亲对穷人更多是同情，而非可怜。她想帮穷人树立自尊自信，这样他们就能努力成就自我。同情比可怜更有力量，是人与人建立关系的桥梁。和祖父一样，我的母亲用实际行动为穷人的尊严发声。

祖父对于为自己发声还有这样一条劝诫：没有人是始终正确的，三人行必有我师。静修院的生活旨在帮助人们克服偏见与分歧，让不同的人互相理解、接纳和赏识。

祖父认为只有自己亲身经历过社会不公，才能更有力地发声，才能改变社会。

为信仰发声有时可能会置你于险境。我在印度生活时开始研究偏见，想要看清隔阂如何在我们中间产生。某日，一个密西西比的女士来到印度，造访了我在孟买的办公室，我们谈论了美国的种族问题。南非、印度和美国三个国家倒是很适合做种族歧视的对比研究。在南非，不是白人就会被区别对待。密西西比的朋友告诉我，那时在美国，种族隔阂导致了非洲和奴役后代与美国白人的对立。而在印度，我们不以肤色为标准，是社会等级制度决定了人们属于从名士到贱民的某个阶层。

后来密西西比大学为我提供研究经费，希望我能去那里从事偏见研究，我和妻子便搬到了美国。人们听说甘地之孙在美国，都赶来与我见面，试图了解更多甘地的事迹。一年后，即一九八八年，我受邀去新奥尔良大学演讲。关于演讲的海报贴满了学校——"甘地谈种族主义"。同年，三K党成员大卫·杜克，也是种族主义者，正在竞选路易斯安那州的众议院席位。

我们在新奥尔良落地后，四名警察走进机舱对我说："甘地先生，请您先行一步。"

我站着发抖。我做了什么？警察没告诉我发生了什么，只是说"为您的安全考虑"。我在前后各两名警察的护送下，下了飞机，坐上去学校的车。到了那里我才知道，学校收到了三K党的威胁电话，他们甚至准备谋杀我。

但演讲照旧。观众离我很远——观众厅的第一排是空的——而我是在最后一刻上的台。演讲结束后，我被火速送往机场的贵宾休息室，门口由四名警察值守。最后，我最后一个登上飞机，在专门预留的头等舱落座。警察向我致意后便匆忙离去。

向社会大众发声可能在促成积极的改变前还会制造混乱、恐惧和矛盾。有时低头默不作声更容易——吃着煮熟的南瓜，告诉自己跟随众人才最安全。但这不是祖父的风格。那么多年，有人殴打他，有人攻击他，有人囚禁他，甚至还有人八次想暗杀他。某次杀手被志愿者活捉，但祖父没有将其移交法办，而是跟这个急于取他性命的人展开谈话。但杀手不知悔改，半小时后祖父只得放弃。祖父放了他，"祝你好运！如果我注定死于你手，那么谁也救不了我。而如果相反，那么你休想得逞。"

祖父无惧自己的对手，亦不惜为信仰身陷囹圄。他的力量全在于反抗错误体制的决心与渴望，而他的方法永远是非暴力的。

有人认为祖父生活拮据，诚然，他食不果腹，衣不蔽体，家徒四壁。赞誉与名声本可让他住进豪宅，受仆人服侍。但那都是身外之物，祖父的一生是热情与同情的一生。他为善良、仁爱、和平等普世价值发声，能捍卫正确和正直的立场是他此生最大的幸福。

也有人说，大卫·杜克也不过是在为自己的信仰发声，因而有权发表挑拨种族主义的言论。美国法律保护言论自由。然而，并非所有立场都可等量齐观。心中充满仇恨的分裂主义者、试图用自己的观点镇压他人的恶霸，只会为世界带来痛苦和悲伤。而我们的目标就是打倒仇恨。

祖父年轻时十分羞赧，在早期的社会活动中都不敢作声。他说其实羞怯帮助他谨言慎行。"沉默寡言之人不鸣则已，言则一丝不苟，势必一鸣惊人。"

沉默寡言之人不鸣则已，言则一丝不苟，势必一鸣惊人。

　　望你能追随祖父的榜样，谨言慎行。想想你的言论对世界是好是坏。而当你寻得济世良言，那么不要犹豫，勇敢发声。

追寻内心的平静

　　祖父无论走到哪里，都会被欢呼雀跃的人群包围。那种震撼我从未经历过，直到那天我陪他坐夜班火车去孟买才有了切身的体会。成为祖父随行小队伍的一分子让我兴奋不已，倍感新奇。祖父坚持要坐三等座，不过铁路局特地为我们一行人加了一节车厢。这样一来，虽然我们的座位跟大家一样，都是没有靠垫的硬座，但我们比别人有更多空间，整节车厢都是我们的。

　　不久，火车就到了第一站。我向窗外看去，数百个人拥挤在月台上，呼喊着祖父的名字，伸出手来想要抚摸他。"甘地万岁！"一阵阵欢呼如潮水般涌来。我沐浴在祖父的荣光中，自豪之情在胸中涤荡。祖父素来低调谦卑，而那时的我却被荣耀的光环迷惑了双眼。我的祖父受万人敬仰，而我就坐在他身边。这是何等的光荣！我兴奋异常，只因所到之处皆有人追捧。然而，当我把目光转向祖父时，却发现他丝毫不为名誉所动。相反，他只是朝人群挥了挥手，说了两句，便拿出一个布袋为穷人募捐。大家纷纷慷慨解囊，有个女人对祖父说："我身无分文，实在没有钱可以捐。"祖父用手指了指那女人戴着的银手镯，笑着说道："这一点就够了。"女人二话没说，把镯子放进了布袋。

火车总算出站了，祖父松了口气，又开始忙自己的事情。谁料下一站竟有更多人等着，欢呼雀跃的场景再度上演。尽管已经入夜，赶来沿线站台的人群络绎不绝。下一站，再下一站……每一站，都有人静等祖父的到来。熙熙攘攘的人群堵住了列车的入口，上下车的乘客几乎寸步难行。祖父则把相同的流程再重复一遍：挥手——讲话——募捐。我突然意识到，被人包围、受人追捧可能一时感觉不错，但时间久了也会让人心力交瘁。一次简单的出行，却让祖父不得安宁，还连累了整列车的乘客。

久而久之，我发现祖父每次出行，无论早晚，总有人夹道欢迎。有时他坐在轿车里，外面的人在马路上排起长队，哭着向他招手，喊他的名字。出行的路线并没有事先公布，那时也没有社交媒体可以分享信息。很多农村的住户都还没有手机。但祖父要来的消息还是传开了，大概是某种神奇的力量把人们一次次聚拢起来。

为了国家政治的大局稳定，祖父无比珍惜国民对他无尽的爱戴。他明白自己所提的任何建议都能换得成千上万甚至数十万人的无私奉献。但我很快发现，这样的爱戴并非没有代价。一旦走出静修院，他便再难找到独处时的宁静。在印度，祖父每到一处都有人围拢过来，高呼他的名字，为见他一面等上数个小时。祖父接见完一批人后，他们也就散了，但很快另一批人纷至沓来。祖父一般在夜里九点就寝，早早入睡，然后等凌晨三点醒来，开始冥想。到早晨五点，他才正式开始一天的生活。但往往到了三更半夜，街上还有人喊他的名字，吵得他睡不着觉。外界永无止息的干扰压迫着祖父的神经，但他从不因此发怒，更没有在重压下崩溃。

很多人做梦都想出名。在这些人看来，像乔治·克鲁尼和安吉丽娜·朱莉那样的名人一定暗自享受着粉丝和摄影师时刻的包围。这些人渴望站在聚光灯下，受亿万人追捧。跟随祖父出游不仅好玩，更让我感到自己似乎也跻身名人堂，不再人微言轻，爱戴和赞誉使我自信满满。但明星渴望隐私也无可厚非——退居到无人的小岛上，出入于封闭的圈子里，躲避到好莱坞的围栏后——他们虽然享受公众的目光，但同样需要个人的时间来调整自己。

现在的媒体擅长造星，一个人毫无缘由便可出名。这些所谓的明星在社交媒体上有数百万关注者，只需动动手指发一张华服美饰的红毯照，或者神气活现的沙滩比基尼照，便能引来大片称赞。有时我会指着杂志上的封面人物问别人，"她凭什么能上杂志封面？"没人知道答案。对演员、政客和慈善家来说，社会大众的关注只是从他们工作中衍生而来的副产品。他们的生活都有核心的目的，随之而来的名声倒更像是负担。然而，对一味想要成名的人来说，他们只想用别人的欢呼来填补自己生活的空虚，使得自我感觉良好。他们不靠才能、苦干或者理念博得成功，只是为了成名而成名。他们不是真正的名人，自然不需要通过独处来恢复自己的能量。

祖父虽然名声在外，但没有聘请公关团队为他遮风挡雨，在公众面前更是无处藏身。他必须独自面对全世界。但在纷扰和喧哗之后，他总会回到自己的避风港——塞瓦格拉姆。他本可以择任何一处隐修，却选了印度中部一处偏远的地界。我用自己的脚步丈量过从火车站到静修院的距离，自然清楚到达那里是多么艰难，而这一切都是祖父刻意为之。他甚至请求当地政府不要在他的藏身之处和沃尔塔（离静修院最近的镇）之间设置公交路线。他知道有人会来，但希望来人是有严肃意图的，而不是只想看一眼名扬四海的圣雄甘地。

你可能不是电影明星，也不是圣雄，但一样需要独处的时光。没有独处，我们就无法认识真正的自我。祖父常打趣说，他只能在两个地方获得片刻的宁静：静修院和牢房。于他而言，坚持独处是为了减少外界的干扰，维持内心的平静。退居一隅，静而修心，这是在繁忙芜杂、令人窒息的世界里生存繁荣的不二法门。独处非常简单，有时在安静的房间里端坐一小时便足矣，或者在床上静躺，又或者写几行日记，并不需要花哨的排场。

人生在世，我们都要适时地评估自己的生活，去默想，去反思，才能获得个人的成长。个人的思考和回顾能促进与他人的沟通和联结，让社交更为深刻，更有意义。

每到周一，祖父便整日在静修院专心写作。其他日子里，他则通过反思和冥想主动地寻求宁静。他经常边摇纺车边思考。于他而言，体能上的集中能带动和帮助思想上的集中。很快，纺纱也变成我的拿手好戏。我还经常与祖父比赛，看谁速度更快。祖父并不在乎竞争的输赢，反倒在给我父母的信中夸我比他厉害。

我有时把纺车当成玩具，但纺纱于我和祖父的意义更在于游戏之外的思考。我喜欢安静，有时一个人能待上几个小时。祖父欣赏这样的品质，便在信中告诉我父母，"要说保持安静，我们都得向亚伦学习。"

如今的父母都打着"为你好"的旗号，将孩子的行程安排得满满当当：足球比赛、网球训练、芭蕾舞课、体操锻炼、钢琴课、小提琴课……各式各样的活动占据着孩子的业余时间。应接不暇的孩子再难有独处的时光用以思考、玩乐和发现。诚然，这些活动都能充实孩子的业余生活，但父母也应该适时地还孩子以宁静。

　　很多成人都习惯"过载"地生活，逢人便吹嘘自己如何勤勤恳恳，夙兴夜寐。一心多用的快节奏生活已然成为生活的常态，人们再无时间休养生息、思考反省、恢复精力。而且这个问题由来已久，恐怕积重难返。一次，祖父的一位德国朋友登门拜访，指责我们说，生命的三分之一在睡眠中度过简直是一种罪恶。祖父立马回道："睡着的三分之一是你生命多出来的三分之一！"

　　祖父一直认为，我们不需要更快的生活，而需要更安静的生活。电脑、手机、应用软件使我们的生活变得快捷和便利，但它们也会带来反作用。我们不再需要鸿雁传书便可与千里之外的人取得联系，曾经那些承记着我们的家庭和周遭的冗长书信已经消失不见，取而代之的是简短精练、冷冰冰的电子邮件。互相发表情来聊天真能促进人际的交流、增进理解与和平吗？

　　社交媒体带给我们所谓的朋友和关注者，但通过网络交际构建的人际关系并没有我们想象中那么坚实可靠。我们无法向只在人人网见过头像的"朋友"寻求慰藉或帮助，也无法在讨论歧视和容忍这些话题时仅用一条微博劝服他人。零散、隔离的关系构建不起坚实完整的社会。

当然，全盘否定现代科技也不可取。只要使用得当，科技便可助力沟通，促成积极有效的改变。几年前，我与好友狄巴克·乔布拉在柏林参加和平会议。会上，他一边听着发言，一边"玩"着手机，时不时地对大家来一句，"刚刚有两百万人了解了诸位谈话的内容。"朋友在推特和其他社交媒体上拥有两百万名关注者，这本身并不稀奇，但难能可贵的是，他发布了关于和平倡议的推文，这当然比晒出游、晒美食有意义得多。

在祖父那个年代，传达信息都是通过电台广播。那时要有推特和脸书，祖父肯定也会像我朋友那样充分利用这些社交媒体平台。然而，点赞并不能改变世界。社交媒体只有唤起人们的实际行动，才算真正地发挥了作用。我们常说，"阿拉伯之春"是一场通过社交媒体组织的革命。彼时压迫遍布中东，一旦有人通过社交媒体发布煽动性的言论，线下的回应便如星星之火迅速蔓延开来。人们纷纷走上街头，开始进行面对面的交流，试着改变自己的生存困境。然而，同样的工具却被极端分子利用以唆使平民作恶。我只希望，无论通过电台、电视，或者社交媒体，和平的理念都能传达到世界的每个角落，都能战胜仇恨，带去希望。

如今，人们的联系比以往任何时候都更加紧密，但我们却仍然感觉孤独无依。每当我随祖父出行，我们要么在一起谈话，要么分开单独思考。换言之，我们要么直接沟通，要么享受独处，看看窗外，与己为伴。现在的人一有空就盯着手机，既不能算是独处，也没有真正与人联结。

祖父与人相处时，总是在启发他们，拉近他们，分享自己的想法。等他退居静修院时，他便重新整顿自己，单独面对自己，安静地给自己充电。既来之，则安之——祖父身在何处，心便在何处，这样的技能我始终学而不得。在科技的影响下，我们始终处于一种非独非群的中间状态。我们没有真正地与人沟通联结，也无法真正地独处。我们深陷科技的泥淖而无法自拔，在现实的世界中很难找到栖身之所。

　　我经常在餐厅和公园看见大人全神贯注地盯着手机，却把自己的孩子晾在一边。我想请这些家长想一想，就在这一刻，给办公室或者朋友发信息真的比陪孩子还重要吗？收到信息的不只是你们的同事和朋友，还有坐在你们身边的孩子——你们让他们明白自己不配拥有父母百分之百的注意和关心。我很庆幸，在我成长的岁月里，父母和祖父从未缺席。全世界都想听祖父发言，但只要跟我在一起，我便是祖父的全世界，是他注意力的焦点。他也不厌其烦地听我讲话，让我感到自己很重要。孩子只有在需要关心时得到父母充分的关注，才能在其他时候更加独立和自主。

　　祖父认为，我们应该花时间去追寻"真理"——"真理"是祖父一生的终极目标。倘若我们努力去理解"真理"，那么我们距离生活的真谛便更近一步。祖父说自己仅有几次瞥见过真理的光辉，而真理的光芒比我们肉眼看到的太阳更炽烈亿万倍。当然，如若我们总因无法专注而分心，或者总是关注微不足道的琐事，那么真理的光芒便无处可寻。随波逐流，则溺于喧嚣。唯有寂静心安处，可寻真理。

　　很多音乐家和画家都在不经意间获得灵感，在自己的领域有所创获。好想法都在他们洗澡时或是临睡前突然出现。一些作家会在床头备好笔记本以便能在夜晚灵感袭来之时，立马记下那些在脑海中一闪而过的文字与图案。浴室和卧室并没有神奇的魔力，只不过整日忙碌的我们只有在这些时候才有时间静下心来，放开思绪，很多难题便迎刃而解。祖父说，我们需要从外部世界获取为人处世的经历，从而培养开阔的眼界，但我们更需要独处的时间来反思这些经历，从而把处世的经验内化为个人的智慧。

*

　　妻子苏娜达随我移居美国后，我先后成立了 M.K. 甘地非暴力研究所和甘地全球教育研究所。多年来，我很荣幸能受邀参加一年一度的"复兴周末"（Renaissance Weekend，美国商界、政坛和艺术领域领袖的集会活动）。"复兴周末"是"所有创意节的祖父"，包罗了前总统、奥林匹克运动员和诺贝尔奖获得者等社会精英人物。我置身其中，与伟大的头脑交换思想，共同探讨公共政策，颇受启发和激励。但我明白，我必须在这之后独立思考，与人分享这些观点，努力让想法成真。我需要把握外部观点和内在思考的平衡，才可避免纸上谈兵。

各式各样的媒体、活动和想法时刻冲击着我们的大脑，但我们需知不能为琐事而分心。平日里无论多么忙碌，我都会像祖父那样停下来，为自己充电。与自己的思想为伴，静悟世事。很多人一听说"冥想"就皱起眉头说，"不不不，我做不到。"在他们看来，冥想相当玄虚，似乎需要身着长袍，在香烛环绕的环境中才能进行。事实并非如此，穿着健身服坐在公园的长椅上一样可以冥想——只要你能静下心来思考人生。我只要有空就会冥想，将思绪投注到内心深处，为自己、为他人、为整个世界思考。

如今的我年事已高，不再希求改变世界，只想做好尊人爱人的表率。我经常自称"和平农夫"。农夫播种，培养幼苗长大，便能收获粮食。我在年轻人中播下非暴力理念的种子，也希望有朝一日能够收获和平的果实。我的价值并不在于有多少人给我的脸书点赞，或者有多少人转发我的推文。我只求有人知晓我的赤子之心，知道我从不为己而活。

祖父曾对我说，"我为自己是谁而感到庆幸，我希望你也一样。"每天，我都为之感恩；我们所有人都应为之感恩。我们不管到了生命的哪个阶段，都忍不住与身边的人攀比——他们比我有钱，他们比我出名，他们的玩具比我多。但如果我们把眼光转向别处，就会发现有那么多人过着悲伤和贫穷的生活，有那么多人羡慕着我们。我们是不是也应该感到庆幸和感恩，甚至倾我们所有去帮助他们，去关爱他们，去改变世界。

> 我为自己是谁而感到庆幸，
>
> 我希望你也一样。

　　一个人要享有宁静的时刻、独处的时光。远离人流和欲念，我们才能看清自己的经历。一味地与身边的人，抑或电视里的明星去比较，只会让我们变得更加盲目，看不清自己在世上的位置。如今越来越多的人静不下心来，连我自己都经常因为各种干扰而分心。我们偶有闲暇便坐下来听音乐和播客、看视频、上网。过去两年产生的数据比以前所有年份加起来都要多。在所有的喧嚣和嘈杂中，我们还能拥有属于自己的片刻宁静吗？

*

　　我经常去大学演讲。大学里的年轻人拥有不同的种族身份、宗教信仰和文化形态，但他们居住在一起生活和学习。然而，无论高校管理层如何放开招生政策、鼓励多元化，学生内部却形成了一个个封闭的小团体：兄弟会、姊妹会，甚至连课堂里都形成了所谓的安全区——新观点令他们感到不适便可避而不谈。

有的学校还专门在书本上或讲座中设置"触发警告"来保护学生免受与他们观点相左的思想的影响。这还能称为学习吗？太多高校都被这种狭隘的观念所裹挟。何为教育？教育绝非习得书本知识，而后准备工作赚钱。祖父若是看见如今一流高校的学生竟如此封闭和偏狭，必定会大失所望。

祖父所谓的独处并不是让人把自己与新观点或者持不同观点的人完全割裂开来。他希望所有的观点自由地流动。他用心倾听每一个人，而后利用独处的时光来衡量各方观点的得失，从而明晰自己需要努力的方向。祖父从不避讳与人针锋相对，反倒是听见不同声音就急着走出教室的大学生让他感到悲哀。

思想的世界容不下任何"安全区"。所谓的"安全"实则以牺牲不同观点与不同方法为代价，所谓的"安全区"其实是偏见与误会的温床。芝加哥大学一直强调思想自由和兼容并包，始终鼓励学生直面挑战，不做思想上的逃兵。

> 打开思想之屋的窗户，
>
> 让不同的观点如缕缕清风从四处吹来，
>
> 但别让任何一阵风把屋子吹走。

"打开思想之屋的窗户，"祖父这样告诫我，"让不同的观点如缕缕清风从四处吹来，但别让任何一阵风把屋子吹走。"我们可以任由千奇百怪的信息、想法和观点涌入我们的生活，但我们不需要采信其中的任何一条。倾听并不等于接受，取舍是我们的自由。我们必须保持开放的心态和清醒的头脑，如此方能习得倾听的艺术。

融入周围的世界，聆听身边的声音。而后独处，退居一隅，静心思考——如何提高自我，如何改善世界。

认清自我价值

　　在漫画里，祖父往往被塑造成一个放弃所有物质利好、穿着最简单衣服的圣人。但人们或许都不知道，祖父自己其实比谁都了解金钱的价值。他认为经济繁荣是印度独立的关键——倘若国民都无法养家糊口，那么国家独立于他们而言毫无意义。

　　静修院没有贫富差距，每个人都过着极简的生活。我们一起种菜、打扫厕所，以及坐在地上吃饭、学习、聊天。饭桌上没人服侍我们，我们都自带餐具，用完后自行清洗。因为大家的生活条件都一样，所以没人觉得自己比别人少了些什么。祖父觉得，其实多数人很容易满足和幸福。只有当我们跟人攀比时才会觉得他们的生活更好，值得我们为之奋斗。消除贫富差距是在世界范围内消解暴力冲突的重要一步。我们倡导非暴力，但无法对不平等引起的民愤视而不见。

　　祖父的生活简单，但他会晤过各方面的重要人物。

一九三〇年，他到伦敦参加英国政府组织的关于印度未来的第一次圆桌会议。和往常一样，他裹着手织的印度土布就去了，这是他自己声援贫苦农民的方式。此前"土布运动"已经在印度国内开展，英国的纺织业开始受到影响。越来越多的印度人通过自己织布来表达独立的呼声，英国也无法再从印度低价收购棉花而后用机器加工成布匹高价卖回给印度。

圆桌会议在白金汉宫举行，而祖父身着缠腰布和披肩到了那里。皇家士兵看他衣冠不整，不准备放他去面见国王。但祖父笑着说，如果乔治国王不允许，那么他走便是。这件事很快登上报纸——甘地衣不蔽体参加国王宴会—— 一则标题写道。这些记者一想到祖父会穿着土布凉鞋走过白金汉宫的红毯就兴奋不已，这意味着他们又有新闻可以报道。乔治国王穿着正式，上身是燕尾服，下身是条纹西裤，而玛丽女王则身穿一袭银色礼服伫立一旁。当被问到去见国王只穿土布是否太少，祖父打趣说："国王一人的衣服就够我们两人穿了。"

祖父深知经济繁荣并非过错——他只担心富人不愿

提携穷人。他自己无意敛财，但他明白他组织的项目需要经费。他便想了个办法。每次外出，成百上千的人向他讨要签名。他为赶来的所有人祈祷：印度教徒、穆斯林、基督教徒、犹太教徒和佛教徒。若是每个签名收费5个卢比（还不到如今的一毛钱），那么祖父的社会和教育项目便可得到支持。

　　我初次与祖父出行的任务便是收集签名本和钱，然后拿去让他签名。我很兴奋能为伟大的事业贡献自己的微薄之力。

　　那时"自拍"和手机照相还不流行，名人的签名相当宝贵。在收集了一天的签名本后，我自己也想要一个祖父的签名。但我没钱，也不知道祖父会不会为我破例。我告诉自己，我帮祖父这么多忙，问问也无妨。我便自己动手用彩纸做了一本签名本。那天晚祷结束后，我把自己的小册子塞进一叠本子里拿给祖父。我站在那里看他一本接着一本地签名，心想着他只顾写字应该不会察觉到异常。

　　然而，祖父对每一分钱都一丝不苟。他需要这些钱。所以当他看见我的签名本里没有钱时，他停了下来。

"为什么这本里面没钱？"

"因为那是我的本子。我想要祖父的签名，但我没钱。"

祖父笑了，"所以你想蒙混过关是吗？你为什么会想要签名呢？"

"因为大家都有。"我回道。

"不过，你也知道，大家都付了钱。"

"祖父，你可是我的爷爷！"我央求道。

"能有这样一个孙子是我的幸福，但规矩总归是规矩。既然大家都付了钱，那你也得照办。没有人例外。"

祖父的话让我很没面子。我怎么能跟其他人都一样呢！于是我回道："祖父，总有一天我会拿到免费的签名。我不会放弃的！"

"是吗？"祖父眼睛一亮笑着说，"那就让我们看看谁能笑到最后。"

挑战开始。在接下去的几周，我想尽办法吵着闹着让祖父给我签名。我最喜欢趁他跟高官元首会面时冲进去，在他面前挥着我的本子。一天我故技重施，大声宣布立刻就要签名。不过，祖父没有生气，二话不说就把我摁在他胸口，用手捂住我的嘴，继续说话。与他会谈的政客一脸茫然，根本不清楚情况。我天真地以为祖父应该会就此息事宁人，但我错了，我不该挑战一个敢与英国抗衡的人。

但我没认输，连续几周都缠着祖父。有一回祖父的客人不胜其烦，不耐烦地说道："你就给他签名吧，签完他就不会再吵了。"

祖父并没有听他的话。"这是我和孙儿之间的挑战，"他平静地说道，"您还是别插手了。"

祖父从来不会发脾气赶我出去。他很会控制自己的情绪，我的挑衅根本没用。

有一次，为了让我静下来，他在纸上写了"爷爷"，然后跟我说："这就是你要的签名。"

"这都不是你的名字！"我喊道。

"我只能写这么多了。"祖父说，语气里充满了坚定。

那时我才慢慢懂得祖父的意思。几天后，我明白自己不可能免费拿到签名，便不再缠着祖父不放了。但我并没有感到挫败，我很自豪。我们相持如此之久并非为了几道墨水的痕迹，祖父的坚持其实又给我上了一课。既然祖父决定他的签名价值五卢比，那么就不应该因人而异。如果他免费给我签名，他自己就掉价了。而且，这次旷日持久的挑战让我看到，虽然我连五卢比都没有，我仍然有属于自己的价值。祖父给我和给国家元首同样的尊重，他没在他们面前随便打发我。在他眼里，一个孩子的需要和一个首脑的需要同样重要。

*

虽然没给我签名，祖父却给了我一份更大的礼物。他每天都会陪我聊一个小时的天。他行程太满了，连我都不知道他哪来的时间。但其实只要养成良好的习惯，我们一天能完成的任务远比想象中多。祖父让我把自己的时间表写下来，里面包括学习、玩耍、家务和祷告等项目，然后把表贴到墙上来警醒自己——生命的每分每秒多么宝贵。

祖父让我看到每个人都有不同的价值。无论对待男女老少，无论他们贫穷富贵，祖父从不吝惜自己的爱和尊重。我开始明白每个人都需肯定自我价值。我们喜欢与人攀比，担心别人比自己优秀，然后忘了自己之于这个世界的价值。而一旦我们相信自己、肯定自我，就会认同和尊重周围人的价值，无论他们是何种社会地位，有无权力。

一部分研究祖父生平的学者将他塑造成一个反对进步和仇富的人，这无疑是对他价值观的严重误读。祖父看重财富，但全因钱财能够助人脱困，而且他不以财富衡量人的价值。他从不认为穿昂贵衣服、坐飞机头等舱的人比睡在大桥下的流浪汉更重要。我见过衣着简单的祖父和各国领导会晤的照片。那些位高权重的领导人得靠服饰和珠宝反映自己的价值，这在我看来相当愚蠢。祖父不需要华服美饰就能让世界看到他独一无二的价值。

由金钱和物质定夺的价值是肤浅的。要是有人在我面前炫耀自己的高档车或者大别墅，那么我肯定他的内心相当空虚。这种空虚无法用任何身外之物填补。而另一方面，太多的人因为被解雇或者付不起房租而觉得自己是废物。他们害怕自己的有钱朋友看不起他们，没钱让他们感到无地自容。我们必须分清什么是自我价值，什么是身外之物。

日进斗金的成功人士当然可以为自己的成就自豪，但倘若他们用存款衡量自己的价值便大错特错。事实正好相反。祖父说，"拜金和道德正如水与火，往往是此消彼长。"他并非指责赚钱不道德，或者穷人光荣。他反对的是不顾一切的敛财行为。如果金钱对你有意义，那么好好工作赚钱便是。但请记得，赚钱不是人生唯一的目的。

> 拜金和道德正如水与火，往往是此消彼长。

我的儿女和孙辈有部分继承了家族的衣钵。家里有各式各样的社会活动家和专业人员，他们让我感到自豪。我的一个孙子在印度当律师，帮助解救被贩卖的女童。我的孙女用视频新闻记录在印度乡村行善的组织。还有一个孙子在美国行医。此外，还有一个在洛杉矶管理投资公司。他拿的工资高得超出我的想象，但他也会通过慈善回报社会。如我所说，我们不能光用金钱衡量人的价值。

　　祖父明白，没有钱就干不了大事——消除贫困和歧视、提供更好的医疗服务都需要大笔的钱。他做这些从来不是为了自己，但他从不羞于寻求他人帮助。在初到美国时，我也想学着那样做，就想到开办非暴力的研究机构。我与妻子苏娜达商量，我们越是想到能开设的工作坊、研讨会和讲座就越兴奋。我们想把机构安置在大学校园，使它成为一个学院，于是我给数所大学的校长写信，告诉他们我的计划。没人回复。也许他们觉得这样的想法过于牵强附会，也许他们直接把信封丢进了废纸篓。

　　最终，一个同事将我引荐给田纳西州孟菲斯基督兄弟大学的校长。我去赴约时，他热情地为我提供免费住处和办公室。尽管他明说学校没有钱来建设这个学院，但我还是很兴奋——我们得靠自己。我都没想好未来将如何发展便答应了下来。

多少个不眠之夜，我不知道钱从哪里来。我脑海中突然浮现祖父拿着布袋募捐、收五卢比给人签名的画面。签名！我突然想到自己还有些值钱的东西：一沓祖父手写的信件，那时正塞在家中的一个盒子里。这些信是写给我和我的父母的。复印件都给了印度政府，岁月在原件上留下了痕迹，但我不懂如何保存它们。我应该藏着直到它们烂掉吗？这似乎不太对。祖父的信件应该由博物馆或者藏家保管，而我可以拿着换到的钱继续他未完成的事业。祖父若还在世，肯定也会这么做。

我和一家拍卖行取得联系，它们的估价是十一万美元。现在梦想才成真了。一个好朋友帮我以慈善机构的名义注册了甘地非暴力学院。我不想让别人以为我会从拍卖所得里面捞油水，就让拍卖行直接把钱转到学院的账户。

信件正式宣布拍卖，那晚在密西西比半夜两点，我的手机响了。我昏昏沉沉地接起电话，根本没想到电话那头居然是印度总统办公室。事情坏了。我都没说话，总统秘书便指责我以祖父的名义行商，要求我立刻停止拍卖。我给对方解释自己的计划，但当时可能说得并不清楚，最后发现根本说不明白就挂了电话。

第二天，总统发布了一则声明，谴责我滥用祖父的名声。然后我便收到了各种愤怒的骚扰信件。我彻底震惊了。那些不眠之夜如今看来竟成了罪魁祸首。我需要祖父的精神引导，但我听不见他的声音。

某天深夜，我想起祖父说过人的价值并无高低之分，所以他面对困境也会求助公众。于是我联系了《纽约时报》，希望能发布一篇评论版文章来澄清自己，并向读者求助。文章的标题是："我该怎么办？"

文章见报后获得了热烈的反响。抽空回复的人当中有百分之九十的人支持我原先的计划。很多印度的报纸转载了这篇文章，很快舆论就站到了我这边。突然所有人都称赞我延续了甘地的精神。曾经恶意攻击我的人如今却为我鼓掌。

所有的争议或多或少吓退了一部分潜在的买家，最后信件只拍得原价的一半。讽刺的是，我后来才发现买家是印度政府，而早前回绝我提议的也是它们。

*

祖父认为我们每个人都有各自的天赋，而这些才干不能只为我们自己服务，我们要帮助别人，更要着眼于未来。一家珠宝公司在一则广告中说道，你其实并不拥有这款手表，你只是为下一代保管着它。高档钟表我当然不懂，但我知道同样的道理适用于我们深层的价值。祖父常说，无论我们通过什么方式获得才能——良好的教育、富足的家庭或者辛苦的奋斗——我们并不拥有这些才能；才能只是暂时寄托到了我们手中，只有在互相帮助中能够传递下去，给他人也给自己带来福祉。

几年前，我带着韦尔斯利学院的女生和老师到印度。我想让大家看看这里的新变化，看看一个人能为贫苦生活做多少改变。第一天我们去了孟买的贫民窟，之后坐夜班火车去一个制糖产业的小镇，希望能给予帮助。几天当中，我们走访了一些人群，住处都很简单。我们坐的是长途大巴，住的是没有浴室的宾馆——只有大桶的热水和冷水可用于洗漱。不久，女生们就开始抱怨，说她们想要舒服一点的床睡一个好觉，想要体面一点的浴室好好洗洗头。

最后我们去了一个大城市的五星级酒店，适逢房间打五折。我们在大堂等着房间被准备好，女生们都抑制不住兴奋。豪华就在眼前！她们一拿到钥匙就迫不及待地奔向自己想念已久的幸福生活了。

还没到半小时，就有人来敲我的门。我打开门，居然是学生们，看起来忧心忡忡的。

"甘地先生，我们能换个不这么豪华的住处吗？"其中一个说道。

"怎么了？你们不喜欢这里吗？"

"房间是不错，但我们看见窗外都是破旧的棚屋，住在里面的人一无所有。所以我们住这里不合适。他们拥有得这么少，我们不能拥有这么多。"

　　看到她们有这份心，我很欣慰，但我还是坚持留下来。她们在这里的见闻会是很好的一课。"我们生活在安逸中，所以看不见世界的另一半。就像今晚，一旦看见了便挥之不去——我们本就不应该熟若无睹。这些印象可能会伴随你们一生，等以后你们回想起来就又有了为之奋斗的动力。"

　　有时我们面对世界的难题不知该如何是好。学生们不可能去到棚屋里，然后邀请那边的人到宾馆去住。但认识到差异是消除差异的第一步。或者说，第一步是去在乎那些棚户区的居民，看到他们生而为人的价值。学生们在那次旅行后对穷人有了不同的看法，他们并非能够被集体忽视的一群人。他们也希望有舒服的床和温暖的浴室。

　　我敬仰比尔·盖茨，他从不因自己富有而觉得高人一等。盖茨基金的核心理念就是"生命等价"。它们正是心怀这样的理念救助世界各地的贫民于水火。它们为欠发达地区提供医疗和教育，保证当地儿童能够"生存繁荣"。比尔·盖茨也许是世界首富，但他深知自己的价值并不在此。他的富有全在他给予穷人的帮助中。

　　祖父经常说，我们要与他人分享自己的才能和好运。他肯定也想见见比尔·盖茨，然后感谢他为世界做的一切。祖父当然也会向那些有社会责任感的企业致敬，股价和股东分红对这些企业来说不是创业的全部。一个现成的例子就是印度孟买的塔塔集团——印度最大的集团之一，旗下有 30 多家公司分别制造汽车、钢材、咖啡和茶叶。公司成立于 1868 年，由塔塔家族管理至今，而家族一直坚持着"良心资本主义"。塔塔家族低调谦逊，每年都会从个人和企业所得中拿出相当一部分，为穷人提供纯净水，以及更好的农耕条件和教育机会。塔塔钢业位于贾姆谢普尔，公司几乎为当地员工提供了一切。几年前一位高层开玩笑说，塔塔集团致力于建设公共事业，提供住房、车辆和公共设施（例如动物园和医院），来到这里工作的人什么都不用带，带上妻子或者丈夫就足够了。

　　塔塔家族信奉琐罗亚斯德教。琐罗亚斯德教是一个来自波斯（如今的伊朗）的古代宗教。而当另一个宗教掌权时，琐罗亚斯德教的信众受到迫害，只得逃往印度。而当一船的难民到达印度西海岸时，琐罗亚斯德教徒问印度国王能否让他们留下来避难。国王指着桌上一只装满水的杯子说："我的王国正如这只装满水的杯子，再容纳不下任何人。"

难民的领导便将一勺砂糖倒进水里，然后搅拌了几下。"我们的信众正如这溶入水中的砂糖，定会融入这个群体，并为其带去幸福甜蜜。"

国王明白了那人的意思，便应允他们留下，而琐罗亚斯德教徒兑现了当初的诺言，直到现在还在为印度人民谋福祉。

听这故事的人都会对一杯糖水的比喻会心一笑。但故事总归是故事。国王最初的回应其实与现在的我们并无差别。我们在面对难民、穷人、异教信众或异族人时，也无法做到理解包容。为什么我们看不见每个群体各自的砂糖和香料呢？

想想那杯水和你的自我价值。你也能贡献自己的价值，让那杯水变甜吗？

切莫谎话连篇

祖父有高血压，且只相信自然疗法。我与他住一起时，他会离开静修院去浦那镇上的一个自然疗养诊所，那里空气清新，气候温和。我很兴奋能跟着祖父一起去。虽然他是去那儿疗养的，但重要人物仍然络绎不绝地前来商谈。

一日，晨祷和瑜伽完成后，我坐在诊所的台阶上，享受着清晨的凉风和鲜花的芳香。我正沉浸在自己的世界里，背后突然有人伸手挽住我的肩膀。我猛地转过身，惊奇地发现是贾瓦哈拉尔·尼赫鲁——那之后没多久，他就当上了印度独立后的第一任总理。彼时他已经名扬世界，在国内的地位仅次于我的祖父。这是我第一次亲眼看见他，他在我眼里就是明星。我已经习惯了与祖父来往各地，但现在竟遇上尼赫鲁！

"早上好。我能邀请你共进早餐吗？"尼赫鲁问道。

"当然！"我说完站了起来，抑制着心中的兴奋。

去餐厅的路上，他一直礼貌地用手挽着我。

我们在餐厅落座后，他看了眼菜单，问我想吃什么。

"跟您一样。"我脱口而出。

"不，我吃蛋饼，你祖父应该不会让你吃那个吧？"他知道祖父只吃素，从不吃鸡蛋和鱼肉，所以他以为我肯定也一样。没错，但我想给他留下点印象，跟他吃一样的食物突然就显得很重要了。

"他不会介意的。"我自信地说道。

尼赫鲁太尊重祖父了，他绝不想冒犯他，于是在点餐前让我必须征得祖父的同意。

我赶忙跑去祖父的房间。他正跟后来的副首相萨达尔帕·帕特尔商谈要事。但在那一刻，我的早餐比印度的未来重要多了。

"祖父，我能吃蛋饼吗？"我激动地问道。

他抬起头惊讶地看着我，问道："你之前吃过鸡蛋吗？"

"吃过啊，我在南非吃的。"我回答道。我撒谎了，而且撒得那么自然。

"好吧，那就去吧。"他说。

撒谎真简单！我跑回餐厅，告诉尼赫鲁说祖父根本不介意我吃蛋饼。

"你没骗我吧。"他惊讶地说，但还是给我点了蛋饼。吃到蛋饼那一刻，我感到自己赢了。虽然我不怎么喜欢蛋饼的味道，但一个小小的谎言就能换到跟总理吃一样的早餐的机会，何乐而不为呢？

几周后，我和祖父到了孟买，当地的富商伯拉一家邀请我们去豪宅做客。那里金碧辉煌，跟静修院天差地别，我都不敢相信自己的眼睛。一整个下午，我都在逛花园，那里还能看到印度洋的海景。我都没注意到父母来了，他们去一楼见了祖父。后来我才知道，祖父见面问他们的第一个问题就是我在家有没有吃过鸡蛋，而他们的回答是"当然没有"。

我正在花园里做着白日梦，同行的艾卜哈找到了我。"祖父让你去见他。你惹麻烦了，最好现在就去。"

"我做错了什么？"我简直难以置信。我明明一直都在努力地好好表现。

"别问我。"她耸了耸肩说。

我只得去到祖父房里，意外地发现父母都在那儿，低着头跪在地上。我进去他们也没起身。每个人都一脸严肃的神情。祖父在偌大豪华的房间里显得很渺小，但他的气场压倒了一切。

祖父朝我招手，让我在他身边坐下。他用手挽着我的肩膀问："你还记得吗？那天在浦那，你问我能不能吃蛋饼。你告诉我，你以前吃过鸡蛋，所以我就同意了。但我刚刚问了你的父母，他们说从未给你吃过鸡蛋。现在告诉我，我该相信谁？"

我的心怦怦直跳。我不想让祖父对我失去信心，所以我灵机一动。"祖父，我确实在家里吃了蛋糕和其他点心，我觉得那里面都有鸡蛋啊。"我真诚地说道。

祖父看了我一眼，明白了我的意思，突然笑出了声。"孩子，你长大应该去当律师。我接受你的观点。现在出去玩吧。"他说着拍了拍我的后背。

我躲开所有人的眼神，飞奔出房间。我逃过了指责，但被审问的痛苦一直纠缠着我。这么多年了，我一直都忘不掉。说谎总是一时脱身最简单的捷径，但我们对别人说谎，就是对自己说谎。如果从一开始就直面真相，其实我们反倒能收获更多。那天在浦那，我骗过了祖父，让他以为吃个蛋饼没什么大不了，而我也是这么告诉自己的。我们从不会这样想，"现在我要当个坏人，撒个谎。"我们总是说服自己，本不该做的事情——不知为何——做了也无妨。一切谎言其实都是自欺欺人。

想不撒谎其实很难，我们都不愿认清并且承认个人的欲望。如果那天早上在浦那，我跑过去跟祖父说，虽然我没吃过鸡蛋，但我觉得是时候尝试一下了，那么事情就会好很多。我本可以解释给祖父听，我已经长大了，能自己决定要不要当一个严格的素食主义者。我也可以承认自己对尼赫鲁的好感，然后和祖父谈心。

有时候我们撒谎是因为我们为无法控制自己的生活而感到沮丧。这在儿童和青少年当中很普遍，他们总是被要求遵守成年人制定的规则。我最近听见一个十岁的孩子和父母商量用多长时间的电脑。他刚刚学了代码，正准备完成一个项目，但他父母却坚持让他上床睡觉。

这孩子说完了一切正当理由（"我还没做完呢"），终于开始编谎话了（"我的老师希望我整晚都做这个"）。父母如果不想让孩子用谎言搪塞他们，最好诚实地、认真地考虑孩子的诉求。

父母自己也不要因为想要敷衍孩子就任由自己说谎。当家长习惯说小谎之后（"就打一针，不疼的"），孩子就会亦步亦趋。

很多人因为感到无力而撒谎，想着谎言能让他们变得更强大。然而，事实正好相反。纸包不住火，说谎者一般都会自食恶果，就像我当初那样。但就算别人相信被扭曲的事实，你也只能瞒得了一时。因为一旦说谎，你就会心虚；一旦心虚，就不会有所谓的力量来支持你。到了这时，你只有在世界面前戴起假面才能获得成功。

很多人偶尔说了个谎，但我希望他们能幡然醒悟，鼓起勇气说出深藏内心的真相。我能理解孩子说谎的动机，但政客们也玩孩子的把戏就很悲哀了。他们为追求虚荣，无视职权所要求的诚信，谎言一个接着一个。他们骗得到选票，但他们领导不了国家，因为说谎者在内心深处永远感到孱弱而不安。

大家都知道祖父是个了不起的人物，几乎都默认他是一个完美的人，能够抵制各种诱惑，从不撒谎。然而金无足赤，人无完人。祖父深知，撒谎是人性的弱点。他在年轻时也耍过骗人的小伎俩，所以虽然我为吃蛋饼而撒了谎，他最后也睁一只眼闭一只眼。

跟许多孩子一样，祖父十二岁时也忍不住诱惑，偷尝了禁果——于他而言就是肉和烟。他看着别人吞云吐雾，觉得那样很有魅力。于是他便从家里偷拿零钱去买烟。但吸烟的魅力很快消失了。很多人都不知道吸烟有害健康，祖父却已认定吸烟"野蛮、肮脏、有害"。火车上有人吸烟会引起他的反感，使他窒息。

祖父为了吃肉也耍了点计谋，但他吃肉却有一个高尚的缘由。一个瘦巴巴的孩子一直渴望国家独立，祖父想着如何才能在高大勇猛的英国佬面前站直身板。那时有一首童谣里唱道，英国人强壮是因为他们有肉吃，吃素的印度（教）人永远比不过他们。祖父有一位密友，跟他持同样的观点。"如果你想跟英国人一样强壮，然后把他们赶出印度，就必须吃肉！"那人对祖父说。

于是，为了增大块头，祖父偷偷地吃起肉来。瞒着父母干坏事可需要点本事。祖父和朋友决定到河边一处没人的地方，在那里第一次开荤。没想到，肉没那么好吃，甚至还让祖父做了噩梦。但为了长身体，祖父决定坚持下去。几乎整整一年，朋友为他做了羊肉和各种其他肉，祖父都偷偷吃完了。谎言一个接着一个。有一次祖父在外面吃完"大餐"后回家，看着他母亲做的饭没了胃口，便只好说自己胃疼。还有一次，他为了买肉，从自己兄弟那里偷了金子。

偷偷摸摸，躲躲藏藏，祖父总感到心里有愧。尽管吃了那么多肉，他也没如预料中那样变得壮实。事实证明，吃肉并不能让人变强壮，跟平衡的素食并无两样。于是祖父决定放弃吃肉，也不想再跟父母撒谎了。

突然要承认错误并不简单，祖父在心里挣扎了好久。他没有勇气面对面跟父母坦白，便写了一封信，承认自己的错误，希望获得他们的原谅。但信写完了，他又不敢交给他们。那时祖父的父亲病重，祖父在家里照看他。一天晚上，家里只有他们两人，祖父鼓起勇气把信给了病榻上的父亲。父亲拿着信，读了一遍，又读了一遍。没过多久，两人都泪眼模糊。最后，祖父的父亲抱着他轻声说："孩子，我原谅你。"

回忆起这段过去，祖父很伤感。他说，坦白错误和承诺不会再犯或许能重新获得他人的信任。而且，撒谎、逃避真相其实都属于人之常情。谎言就像沙砾，无法创造坚实的地基。谎言之上堆砌的一切都脆弱得不堪一击。沙堡越堆越高，谎言走到尽头，最后必然倾覆。

祖父用亲身经历告诉我，与其因为撒谎而后悔内疚，不如从一开始就直面残酷的真相。这样的教训一次便足矣，若能一生牢记则是最好。但即使是祖父也做不到只犯一次。他为了抽烟撒谎，为了吃肉撒谎，为了偷窃撒谎——直到跟他父亲坦白，他才下决心不再撒谎。那一刻，他在纸上写下一句话——即使是太阳，也会在真理的光芒下黯然失色。

　　祖父还把说谎和"不杀生"的概念联系到一起。"不杀生"是印度教、佛教等宗教派别所倡导的基本教义，要求信众不伤害他人或者自己。这很明显是祖父非暴力运动的基础，但这里所说的伤害其实有更深层次的含义。祖父认为，控制说谎和骗人的本能冲动比放弃肢体上的暴力要困难得多。

　　和祖父一样，我在最终决定无论何时都说真话之前也撒了好多谎。但一旦决定了，就要坚持下去。我每次听见政治辩论里事实被人歪曲，总忍不住惊叹为何有人会觉得真相可以随他们篡改。科学并非总能给出答案，但我们必须依赖已有的事实，才能去搜索绝对的真相。如果你宣称全球变暖是骗局，移民会带来犯罪，或者种族歧视并不存在，那么你就是在罔顾事实，任凭冲动的谎言大行其道。或许你有个人的理由反对移民或者支持歧视，但你必须诚实地面对自己，而不能歪曲既定的事实。在欺骗的流沙之上是无法建立起未来或者政府的。正是对真相的追求促使祖父进入政坛，我们都应向他学习！

　　我认识的一个人开玩笑说，他最后不说谎了是因为他记不住自己说过的那些大话，也忘了都是跟谁说的。谎言会给生活增加负担。无论何种原因，坚持说真话都比装假骗人理直气壮。

　　美国人欣赏"真实"的人，他们选择的事业和立场都源自内心深处的信仰。我经常思考，祖父这样一个穿着破破烂烂的人是如何吸引到那么多人追随他的？我想，吸引人们的并非祖父的外表，而是他内心的真理和真挚的感情。

　　一九三〇年，为反对英国殖民政府的盐税政策，祖父发动了"食盐进军"。食盐是印度饮食的必备品，而殖民政府下令禁止当地人买卖食盐，要求他们从英国购买，还对此收取重税。祖父决定利用非暴力运动来废除食盐税。他一直以为自己能与英国政府协商，希望它们能够公正处事，于是他给总督寄了一封言辞恳切的长信，描述了当下的问题和不公。但总督的回信只有四行字，大意是就算是甘地也得遵守王法。

　　"我跪着乞讨面包，得到的却是石头。"祖父对他的追随者说。

于是祖父宣布行进八百里去阿拉伯海的计划。到了那里，他就从海边取盐来抗议所谓的王法。当时住在他静修院周围的人都想加入同行的行列。最年轻的仅有十六岁，最年长的就是六十一岁的祖父。他们出发时，天还没亮，静修院所有人都出来给他们送行。隔壁镇上也来了几千人，欧洲、美国和印度的记者都赶来见证这一刻。

行进中的每一天，祖父都会在沿途的镇上停下来解释自己的计划，于是越来越多的人加入了同行的队伍。

"这不是一个人的挣扎，而是数百万人的斗争。"当时一个村落里大概有三万人赶来支持他，听他讲话。

一个月后，阿拉伯海已遥遥在望，而祖父背后是人的海洋。他走到沙滩上，弯下身子，从沙砾里拾起盐块。

"我手里攥着那个帝国的根基！"

他成功了，不动用暴力，也没有动气，便向世界证明，压迫是不对的。他的朋友德赛当时就在他边上，他后来说:"人们跟着甘地在沙滩上挖盐,欢笑、歌声和祈祷随海风飘散。"这件事引起了整个印度的轰动。英国立刻出面逮捕了祖父和其他六万多人。但祖父的目的已经达到,数百万人继续抗议。阿拉伯海的海岸线上,印度的国民正在聚拢来,寻找他们苦苦追求的盐。小小的监狱恐怕装不下他们。

我的祖父不是巧言辞令的雄辩家,他手里也没有军队和政党可以呼风唤雨。但他拥有无数人的支持,这些人知道祖父给予他们的只有真相,知道支撑祖父前行的是诚实和信念。这就足够了。

下决心不再说谎,努力追寻真相能够改变你的生活,甚至解放你的国家。

贪婪造成更多麻烦

　　和祖父在浦那的日子短暂而愉快。尽管我享受在静修院独处的时光，浦那可比塞瓦格兰姆大多了，走在集市和商铺中间亦十分惬意。我们在那儿待了一些日子，祖父还特地从镇上给我找了老师。某日放学，我走在回家的路上，看见商店橱窗里摆着一摞崭新的铅笔。我又低下头看看自己手里的铅笔头，决定要买一支新的铅笔。于是，我把铅笔头甩到了路边的草丛里。

　　那晚，我就跟祖父说要买一支新铅笔。这其实不是什么大事，但没有事情能逃过祖父的法眼。他说那天早上明明还看见我有一支铅笔，怎么突然要买新的。

　　"那支太小了。"我说。

　　"我看着不小啊，拿过来给我看看。"他说着伸出手来。

　　"那支笔没了，我已经扔了。"我随意地回道。

　　祖父不可思议地看着我，"你把它扔了？如果是真的，那你必须去把它找回来。"

我说外面早就天黑了，他便递给我一个手电筒，"这个有用。只要你沿着原路用心找肯定能找回来的。"

此时才意识到没有退路的我顶着夜色出发了，视线一遍遍扫射着路边的草丛和沟渠。有人看见我在找东西，就问我是不是丢了什么贵重物品。我简直哭笑不得，就跟他说了真话——我在找一支丢掉的铅笔。"这铅笔难道是金子做的？"那人笑道。

最后我找到了那个地方，就开始在地上和草堆里搜寻。我花了整整两个小时才找到——或者感觉起来有那么长。最后，当我从灌木丛里拾起铅笔时，我并不觉得自己找回了宝贝，它仍然是那支我不想要的铅笔。祖父看见了肯定会明白，这根本不值得去找，我做的没错。于是我兴冲冲地赶回家，找到了祖父。

"就是这支铅笔，你看多小啊，祖父。"

祖父拿过铅笔握在手里，说："这可不小，够用好几个星期了。你能找回来真好！"

他把铅笔放在桌上，笑着对我说："过来坐下，我来告诉你为什么让你去找回来。"

　　我坐在祖父身边，他把手搭在我肩上，说道："浪费任何东西都不仅仅是坏习惯这么简单。浪费是对世界的无视和对自然的暴力。"

> 浪费任何东西都不仅仅是坏习惯这么简单。浪费是对世界的无视和对自然的暴力。

　　之前我以为只有肢体上的冲突才是暴力，于是我认真地听了起来。

　　"我想让你知道，我们使用的物件，每一件都凝聚着劳动、金钱和时间，小小的铅笔也不例外。我们把这些东西扔了，就是在浪费国家的资源，也没有珍惜劳动者的心血。"

　　我慢慢陷入了沉思，祖父问："你走在街上的时候看见那些穷人没有？"

"我看见了，祖父。"

"他们连一支铅笔都买不起，而我们消费得起的人
却铺张浪费。我们消耗世界上的资源越多，留给其他人
的资源便越少。"

> 我们消耗世界上的资源越多，留给其他人的资源
> 便越少。

"祖父，我明白了。"我支吾道。

我准备起身离开，但祖父的话还没讲完。"我还有
一个任务需要你来完成。完成这个任务，除了铅笔，你
还得准备其他东西。"祖父的眼里闪着光。

祖父让我准备一张纸和一支笔，画一幅暴力的树状
图。他想让我看清，其实我们很多行为都是相互关联、
密不可分的。这棵树有两个主干——一个代表主动的肢
体上的暴力，另一个代表非主动的精神上的暴力。每天

他都让我分析自己和周围人的行为，然后给这些行为分类，标记到树状图上。如果我打了别人或者朝人扔了石子，就在肢体暴力上加一个树杈。而祖父想让我明白，我们的习惯和生活方式也可能在不经意间伤害到别人。所以每次我听闻歧视、压迫、浪费或贪婪，便在精神暴力上加一个树杈。

接下来几天，我的心思全在树状图上。我拿着图给祖父看，自豪地向他展示肢体暴力那部分是多么小。"我能控制自己的情绪！"我说。

祖父点点头，随后指向了代表精神暴力的部分。"精神暴力是肢体暴力的导火索。如果我们想杜绝肢体暴力，就得先阻断精神暴力。"

精神暴力是肢体暴力的导火索。如果我们想杜绝肢体暴力，就得先阻断精神暴力。

之前人们还没开始讨论环保，不理解人类为何会影响地球，而祖父早已意识到，自然资源的过度消耗势必会给一部分人带来财富，从而导致经济的失衡。合理利用物质资源能给地球上的每个人带来福祉，但无节制剥削自然资源则会导致难以改变的失衡。如今已非祖父的时代，而社会不公、财富不均似乎已经积重难返。世界上百分之一的人掌握着全球一半以上的财富。富人觉得自己敛财理所应当，而无须顾及他人死活。

祖父告诉我："我们的贪婪和浪费造成他人的贫穷，这便是对人性的暴力。"

我们的贪婪和浪费造成他人的贫穷，这便是对人性的暴力。

从不浪费一针一线的祖父必定无法理解如今的一次性文化。浪费已经融入我们的生活，我们甚至都忘了可能产生的严重后果。美国人消费的食物中有三分之一最后都进了垃圾桶，而且有更多食物在上架前就被杂货店淘汰了。每年，我们都把价值一千六百亿美元的食物送到垃圾填埋场。而与此同时，全球数百万儿童每晚都饿着肚子上床。祖父曾说，只要这世上有一个人的眼里含着泪水，那么人类的任务就还没完成。任何文明的安全和稳定依赖于每个个体的安全和稳定。如果我们能杜绝过度消费和浪费，我们便可省下一大笔钱，把食物送到真正有需要的人手里，而不是垃圾场。

　　一开始我并不理解祖父对一个铅笔头的执念，直到我长大成熟后目睹了贫富差距造成的失衡。或许你觉得，生活中的小改变并不能解决大问题，但任何大改变都是从解决小问题开始的。我一直在口袋里放一块手帕，这样就不需要用一次性的纸巾。可能这不会改变世界，但每个人都这样做就不一样了。有报道估计，如果印度国内的铝罐都被回收再利用，每年节省下的能源可供四百万户家庭用电，并能够节省八亿美元。你把啤酒罐投入可回收垃圾桶这样一个动作就能省下不少钱！

还有研究表明，人们关注环境时整体的自我感觉会变好。垃圾回收已经普及很多乡镇，城市如今都有回收的系统。很多人都会带着环保袋去商店购物，在接水时也会用不锈钢水杯而不是一次性塑料杯。在全球经济的语境下，你在印第安纳州郊区的行为可能就会波及印度的贫困山村。全球变暖和粮食供给这些大的问题需要我们合理解决，但我们同样需要从生活中的小处着手。现在很多人把穿过的旧衣服存起来，一起捐给一些机构。所以在世界另一头，你都能看见印度的孩子赤着脚，身上则穿着美国芝加哥小熊队或者新英格兰爱国者队的 T 恤衫。

祖父相信，个人的力量能够改变世界。但我能理解为什么人们会怀疑，觉得个人的努力在偌大的世界面前显得微不足道。我们了解到，大气中的二氧化碳含量正以高于预期的速度上升，过不了多久就会对人类造成致命的影响。但是，在大企业、航空公司和汽车大量排放温室气体的情况下，减少个人的碳排放有何意义呢？祖父的母亲或许可以给出答案。她没有接受过教育，但给了祖父修习智慧的坚实基础。她对古印度和古希腊的哲学（后来发展成为理论）有所了解，知道事物由微小的、独立的原子组成。她告诉祖父，"原子是宇宙的反映。"从最细微的行动到最显著的改变，我们日常生活的行为即是世界现状的最好反映。改变世界，从你身边开始。

富裕能够解决不少问题，但贪婪和麻木将造成更多麻烦。祖父只需桌子和纸笔便可激励人类、改变世界，但更多的人正以惊人的速度疯狂敛财，无节制消费。我们买了一堆东西，但不知道如何处理。给人整理物品、收拾房间甚至都已经发展成为一种产业。书里或者咨询师会告诉你，首先你得把大部分不需要的物品扔掉。但问题是，你既然不需要它，当初又为什么要买它？

花钱——无论是买沙发还是钻戒——会给人带来短暂的满足，但这种愉悦很快就会消失无踪。我们习惯了手头拥有的东西，于是转而去买更多新鲜玩意，希望获得刺激。但我们心中的欲壑是任何东西都无法填满的。愉悦来自创造，而非购买和丢弃。我在南非长大，我们

的房子由钢瓦和木头搭成，而且渐渐腐烂了。地基里还
有巨大的漏洞，父亲会修修补补，但时间久了都不管用。
我们没有电，而且房子周围有蛇出没，经常会通过洞钻
进屋里。为此，我起夜去上厕所时总是胆战心惊的。

最后，父亲决定盖新房。他运来沙子和水泥，准
备自己做砖。我们都很兴奋能够亲手做砖头，然后等它
们在太阳下晒干。建造新房花了整整一年时间，我永远
忘不了最后入住时的那种成就感。不幸的是，祖母在同
一个月离世。父亲为了纪念她，便将房子以她的名字命
名：卡斯特·布哈凡。

祖父不需要借助物质就能对世界造成影响，而我们
也一样。某日我为了使自己看上去更庄重，便穿了昂贵
的服饰去见人，结果却让我哭笑不得。那时祖父刚刚过
世，尼赫鲁总理邀请我去他家吃早餐。

尼赫鲁和祖父彼此尊重，为印度的独立不懈奋斗。
在祖父看来，尼赫鲁当选印度第一任总理是历史性的
一刻。祖父被暗杀后，总理当着全国人民的面发表了
演讲。他说："我们的生命黯然失色，我们的眼前一片

黑暗。"

尽管公务繁忙，尼赫鲁在祖父去世后一直和我们保持着联系，我自然也很高兴收到邀请。他的女儿和女婿也都在场。

那时我还没车，便想打的过去。但我的叔叔觉得出租车档次太低，不适合去赴总理的约。他便借了一辆带驾的豪华轿车给我。我到了那里，尼赫鲁却不在。我问他女儿，他人在哪里。她说尼赫鲁用餐比较快，不喜欢早早地吃完等着大家，所以他总是很晚才到，等别人快吃完了，他才开始吃。

我们边吃边谈我的祖父和当下的政治。尼赫鲁正在制定一项可行的外交政策，也想建立一些教育机构。那时我们还不知道，尼赫鲁的女儿后来会跟随他的脚步，担任两届总理。

早餐结束后，尼赫鲁和我在外面等车。他的车先到。车很小，很低调。而紧跟其后的是我的豪华轿车。尼赫鲁很了解祖父的作风，惊讶地看着我说："我的车这么小，你的车这么大，你不会尴尬吗？"

"我一点都不尴尬，"我回道，"你的车是买的，我的车是借的。"

我们都笑了。无论多少，财产并不决定我们的身份。对总理来说，重要的不是轿车的型号，而是观点的力量。而我叔叔借的豪车亦改变不了我。

*

祖父所说的资源浪费仅仅是问题的开始。更可怕的是，我们为了敛财而浪费，剥削自然界的生灵。富人去非洲猎杀豹子和狮子来取乐。几年前，美国明尼苏达州一名牙医杀了一只叫作塞西尔的黑毛鬃狮，而黑毛鬃狮是津巴布韦的国宝。但他没有为此承担法律责任，因为狩猎完全合法。他花了几万美元就为残害一只珍稀动物。一些贫穷的国家把游猎当作摇钱树，但这并不能成为杀害动物的正当理由。利用挣扎在贫困线边缘的国家，剥削其资源，是最残暴的浪费。

最可悲的是，我们抛弃活生生的人就像我丢弃铅笔头一样随意。一九七一年的一天，我和妻子从繁华的孟买街头走回家。过去和现在一样，街上挤满了人，路旁随处可见乞丐，小贩在街上卖东西。垃圾烂了一地，招来成群的蝇虫。我低着头，生怕踩到脏东西。突然，我看见地上有个彩色布条包裹。我正准备绕过去，但猛地发现它竟然在扭动。我赶紧叫住妻子。

在熙熙攘攘的人群中，我们小心地蹲下，解开布包裹。里面是一个枯瘦的女婴，刚出生还不到三天。我们四处询问路人，希望有人知道她的来历，但没人理睬我们。妻子看着孩子，我找到附近的商店打电话报警。警察过了好久才来，他们根本不觉得十万火急，对弃婴已然见怪不怪了。他们从妻子手里接过布包裹，准备把孩子送到政府办的孤儿院。那时我供职于《印度时报》，想和他们一同前往。他们耸耸肩答应了。

人见多了悲惨，恐怕也会麻木。但我到孤儿院的时候彻底震惊了，那里挤满了一群又一群的婴儿和孩童，他们有的是走丢的，有的被抛弃，还有的没了亲人。警察说他们尝试着找这些孩子的父母和亲属，但孤儿实在太多了，能顺利回家的只有百分之五。孩子在这里受尽煎熬，有的早早地离开人世。我想着我们遇到的那个女婴将何去何从。孤儿院的女院长说，营养不良的女婴其实比男婴更顽强，存活率也更高。

不过，孤儿院的孩子还是没有希望。工作人员拿着微薄的薪水，经常偷钱，甚至偷吃孩子的食物。好在是政府运营，能够有所监管。在一些小城镇，孤儿的早夭率甚至高达百分之八十。如果孩子生存下来，他们到十八岁就被送入社会，经常没有任何人可以求助或依靠。很多女孩误入歧途，为了钱出卖自己的身体。很多男孩拉帮结派，从小偷小摸走向杀人放火。

我从祖父那里学到，浪费即暴力。而这些年轻生命被浪费正是精神暴力的一种。我想我得做点什么。于是我走访了很多孤儿院和收容所。途中偶遇了一对金发蓝眼的夫妇，他们正抱着一个印度婴儿。与他们交谈之后，我才知道原来他们来自瑞典，为领养这个孩子走了一套复杂的法律程序。他们还向我介绍了一个名叫莱伊夫的瑞典人，他也收养了一个印度孩子，在过程中帮助了他们。他们需要过来人引导，否则只会给无良的中间人多些捞油水的机会。

我和莱伊夫一直保持联系，他告诉我，瑞典很多家庭都想收养孩子，但他们苦于找不到诚实的人帮忙。我要参与其中吗？我想祖父肯定会同意。

之后十几年，我和妻子陆续为一百二十八个弃婴找到了归宿——有的去了瑞典，有的留在印度，还有一个在法国。我们经历了欢笑和泪水，体悟了幸福和心碎。在找到领养人后，签署法律文件等议程耗时大概三个月。这三个月，孩子会在私人疗养中心度过。我们希望他们能长胖一点，以健康的状态迎接全新的人生。我们很幸运，很多孩子都如我们所愿有了新家，但也有一些孩子还没等到新父母接他们回家便离世了。可我不会就这样抛弃他们。我常常一个人抱着他们，抱着他们小小的身体往墓地走，为他们短暂的一生完成最后的礼告。一次我穿街过巷，走了几里路才到达最近的墓地，心里却一直想着祖父的话——人生而不平等，但我们生而为人的意义全在于对公平和自由的追求。

领养成功的家庭往往欣喜若狂。其中有一位印度妇女，过去被诊断为不孕不育，无法拥有一个自己的孩子。我们帮她领养了一个女孩，她简直高兴得快疯了。我和妻子在她和她丈夫眼里就是到人间播撒福祉的天使。几个月后，她竟然意外怀孕，而且孩子是个健康的男婴。

我和妻子都为她开心，可我们也有顾虑。印度的家庭重男轻女，所以女孩可能面临着双重挑战——她是领养的，她是女孩。我们担心她会失宠，被忽略，甚至被虐待。于是我们和她的父母开诚布公，准备要回这个女孩。

"她是我们的小公主！"这位母亲说道，"她给我们带来了好运，我们是真心爱她的。我们说什么也不会让她走。"她和丈夫激动得落泪，我们这才意识到夫妇俩的真心。尽管世间被暴力和丑恶充斥，我们还是得提醒自己，真心和善良并未泯灭。之后，我们和这家人一直都有来往，也见证了两个孩子的成长。

很多领养孩子的父母都与我们保持联系，时常会发孩子的照片给我们看。但巴黎的那对夫妇似乎是个例外。他们在接收女孩后便切断了所有与我们的联系。他们从不回信，而最后我们只得放弃，只好为女孩祈祷，希望这家人一切都好。

二十年后，甘地非暴力学院收到一位法国女人的来电，她说想见我。我根本不知道她是谁，也不清楚她为什么想见我。她又打来电话，留言乞求我回电，我便回了电话。电话那头的姑娘名叫苏菲，她说自己是被父母领养的，但父母从不和她谈论自己的背景和来历。她每次问，他们总说："你的那一段人生并不重要，所以还是忘了吧。"如今，苏菲已经二十六岁。最近她从父亲的故纸堆里翻到了一份文件，上面有我的名字，还有她的出生年份。她以为我肯定就是她的亲生父亲，或者我肯定知道她的身世。所以她借助谷歌搜索找到了我。

我这才反应过来，她就是当年我们送去法国的那个女孩。我们在电话里聊了一个多小时，我努力回忆刚接到她的种种情形，而她在电话那头泣不成声。她的好多问题我都无法回答，过去我们根本没地方存放这些孩子的资料。当时，我和妻子在印度的住处仅有三十平方米，根本放不下堆积如山的文件。收纳整柜的人来我们家根本没活可干：房间这么小，我们过几个月就得清空杂物。

苏菲又打来了三个电话。她很高兴能听到我的声音，但她还是想与我本人见面。不过，她得从家千里迢迢赶到纽约州的罗切斯特。两天后，她在电话里哭着告诉我，来回的机票太贵了，她根本负担不起。但生活总是充满美妙的意外，我正好接到好消息。当时我被邀请去爱丁堡艺术节发表演讲，会在苏格兰待一周。从巴黎到那儿相对会便宜一些。

我和苏菲在爱丁堡相处了一周时间，她称我为"心灵之父"。如今我们保持着联络，我很高兴能有她这样一个孩子。

几年前，我们和去了瑞典的印度孩子重聚，他们都十几岁了。很多人都说想让我帮他们找回亲生父母。"从上学开始，就有人谈论我们的眼睛，我们的头发，"一个孩子跟我解释道，"我们对自己的父母一无所知，也不知道哪里像妈妈，哪里像爸爸。"之前我倒是没想过这个问题，这些东西对我们来说并不稀奇。但对于无法了解自己过去的孤儿，过去的一点一滴都弥足珍贵。

但是，就像苏菲一样，他们出生后的记录即使有也都遗失了，要找到亲生父母恐怕比登天还难。

"现实就是这样了，"我对一个孩子说，"你的母亲当初痛下决心抛弃了你，但又希望你能被好心人发现，过上好日子。可能她后来去念了书，过得不错，放到现在，这也是她想看到的结果。我们出于好心把你送到孤儿院，而在孤儿院你能活下来就是一个奇迹。现在你有疼爱你的父母，过上了幸福安定的生活。如果你觉得我们当初做错了，毁了你的人生，那么请原谅我们吧。"

孩子们围拢过来，抱着我和妻子，我们哭成了泪人。一个孩子想让我们当他的祖父母，我们说好。另一个女孩高兴地说："您解决了我们大家的问题！现在我们可以跟任何人说，我们的眼睛，我们的头发，像我们的爷爷奶奶。"

又过了几年，我在瑞典重新见到了孩子们。他们都成年了，好多都结了婚，有了自己的孩子。我看着他们，想到每个孩子都是那么珍贵。只要我们肯花时间哺育和培养他们，他们必定都会成才。我和妻子走出的可能只是一小步，但正是这一小步让孩子们得以在自己的人生道路上大步向前。

不作为的精神暴力跟肢体上的暴力一样具有破坏性。我们似乎已经习惯这样想，"我只是七十亿人中的一个，我一个人能改变什么？"但在地球村的巨大网络下，我们每个人都相互联结。如今的社会暴力猖獗，常见于街头，更充斥着我们的头脑和言语，在国际上泛滥成灾。和平如此遥不可及。非暴力并非只满足于控制权力和怒火，而应根植到我们的世界观里，成为我们为人处世的参考系。祖父命我找回那个铅笔头，就是想让我"创造自己想要看到的改变"。如果你不喜欢浪费，不想看到不公平的鸿沟继续拉大，如果你还不知道，在美国CEO的工资是普通工作者的两百倍，那么你或许可以明确自己的立场，然后坚持下去。

祖父厌恶任何形式的浪费，但对于没价值的东西，他亦毫不吝惜。住在静修院时，我的一项工作是整理祖父收到的信件。这是一项很重要的任务。在回收利用还没兴起之前，祖父就开始践行这样的环保理念。他教我用撬杆打开信封，保持信封纸张的完整，这样他就能在空白的那一面写回信的内容，节约纸张。

当时印度正处在独立的斗争当中，而祖父处于舆论的核心。一九三一年，他参加圆桌会议和英方探讨印度的未来，一位英国官员递给他一个厚厚的信封。那晚，祖父读了信的内容，信里尽是辛辣的讽刺和荒唐的言论。可祖父不慌不忙，取下了纸上的曲别针，看着纸上没有足够的空白可以写回复，便把纸张扔了。

次日一早，官员问祖父是否读了信，作何回应。

"我存下了信里最珍贵的两样东西，"祖父回道，"信封和曲别针。剩下的都是垃圾。"

我们听完故事都笑了，但这个故事有更深的道理。祖父担心我们把头脑和精力浪费在不要紧的事情上，而忘了琢磨真正重要的问题。他可没时间理会别人的讽刺和仇恨。

　　我总是觉得，要是祖父还在世就好了，他肯定能为这世界做得更多。他的内心深处有这样一种需求，想要把每分每秒都投入有意义的事业上，而理智又告诉他，人不可能预测自己还能活多久。所以，最可惜也是最残忍的浪费无疑是虚度光阴。在静修院，他给我制定了严格的作息时间表，我的一天从起床到睡觉都被安排得满满当当。如今，我也上了年纪，才更加理解祖父的良苦用心。"最浪费不起的是时间。"

给孩子积极的示范

　　每当我回看在静修院与祖父生活的那些日子，总是忆起他的温暖、智慧和微笑——他的谆谆教导，他的循循善诱，他的爱。

　　静修院附近住着一对夫妇，某日他们带着自己六岁的儿子阿尼尔来见祖父。小男孩刚刚看完医生，医生让他少吃糖，他是因为糖吃多了才难受。可阿尼尔喜欢吃糖，总是偷着吃，于是病情越来越重。挣扎了几周后，阿尼尔的母亲带着他来见祖父，希望祖父能说服阿尼尔不要吃糖。可祖父说："你们过两周再来吧。"

　　阿尼尔的母亲有点失望，根本不知道祖父为什么让他们再等两周。但等到他们再来时，祖父拉着阿尼尔跟他说悄悄话。说完，他们击了掌。接下去的几天，阿尼尔再没吃糖，饮食也恢复了正常。阿尼尔的母亲震惊了，儿子重获健康让她坚信，祖父定是施了什么法术，她便前来问询。

"哪有什么法术,"祖父笑了,"在劝他放弃吃糖之前,我自己必须先这样做。你们第二次来时,我已经两周没吃糖,就问他能不能跟我一样做到。"

祖父的教育观与多数人不同。他觉得孩子从身边人的品格和榜样中学到的东西比从课本里多得多。他可不同意老套的"按我说的做,有样学样"。老师对自己应该跟对学生一样严格。父母和老师必须以身作则,身体力行。

我有个先生专门教我数学和科学,但比数学和科学更深刻的道理,我都是从祖父那里学来的。祖父善良而耐心,如父亲和祖父一般教导每一个人。一九一〇年,在南非的托尔斯泰牧场,他第一次带领着一群人,一起劳作,共同生活。这是一个大家庭,祖父就是家里的父亲,肩负着教育子女的责任。在那个年代,只有白人孩子有老师教,于是祖父自己当起了老师。

祖父发挥的是榜样的力量,这值得如今的家长学习。很多家长拼命控制孩子看电视、用电脑的时间,自己却捧着手机放不下来,从没时间陪伴家人。于是孩子知道了,手机这些电子设备比其他任何东西都重要,重要到他们都可以被忽略。有的父母自己大快朵颐，享受甜食，却坚持让几岁的孩子健康饮食，非水果和蔬菜不吃。他们可能忘了，他们生活的点点滴滴，孩子都看在眼里。

在到静修院之前，我根本不懂所谓的为人师表，因为我自己的老师就没有树立很好的榜样。种族歧视在南非横行，几乎没有学校愿意接收非白人学生。那时我才六岁，父母最后找到一所远在二十九千米以外的德班市的天主教修道院学校，只有那所学校同意收留我和比我年长六岁的姐姐西塔。每天早上，我们五点就起床，匆忙地准备赶路。我们先步行穿过甘蔗田去汽车站，然后坐汽车去火车站，最后坐火车进城。下了火车，我们再从车站走到学校。等一天结束，我们便沿原路返回。

修道院学校的校长瑞吉斯修女是个专制的冷血动物。八点二十分开始上课，我们一旦迟到就得去她办公室挨打。数不清有多少次，一根光滑的藤条，重重地落在我和姐姐身上。瑞吉斯修女知道我和姐姐得赶汽车和火车来上学，而车晚点是常有的事。我们并不是调皮捣蛋的孩子，也从不睡懒觉，她打人根本没有任何意义。但她照打不误。

我挨的那些打根本不能端正我的态度，更不可能让我准时到校。相反，我变得暴躁，我开始厌学。现在心理学家告诉我们，被暴力对待的孩子长大后会有暴力倾向，而我对此有切身体会。每次我挨完打，从瑞吉斯修女的办公室出来，身上的痛让我感到无力，感到愤怒，甚至让我萌生殴打别人的冲动。大人打小孩只会埋下暴力的种子，导致暴力的循环。

若干年后，我在孟菲斯为老师开设工作坊。有位老师说，教鞭和巴掌是管束孩子的最好办法。还有老师说，她通过打学生来树立威信，现在只要她一瞪眼，学生就老实了。我彻底震惊了。这些老师甚至以此为豪，但他们从没想过，体罚给学生留下的可能远不止皮肉之苦。老师用体罚教育学生，为了保持所谓的威严，体罚的力度就必须不断增强。学生得不到尊重，自然也不会尊重别人，甚至会渐渐丧失为人的本性。

如此粗暴的教育手段在美国的学校大行其道，着实令人咋舌，但更令人震惊的是，如今还有十九个州允许体罚。据估计，每年有二十万名学生在学校被体罚。我们必须停止所谓的"管束"，这分明就是对孩子的虐待。那些老师和校长通过打孩子来发泄自己的不满，但只有软弱无能、想不出更好的办法来教育孩子的家长和老师才会沦落到打孩子的地步。

　　还有的家长虽然放弃了体罚，但采取了同样荒唐的手段。他们让孩子站在外面，胸前挂一块牌子，牌子上写着："我是个恶霸。如果你痛恨恶霸就请鸣笛。"能想出这种办法惩罚孩子的父母才是真正的恶霸。用你的权威羞辱比你弱小的人就是恶霸的行径。用情感暴力来羞辱孩子的后果不堪设想。还有个父亲，因为十三岁的女儿不懂事给同学发了张照片，竟把她的头发全剪了。他还拍下了自己奚落女儿的过程——"你看值得吗？"他问眼前瑟瑟发抖的女儿。后来视频流传到 YouTube 上，没过多久，这个可怜的孩子跳河自尽了。

　　尽管有很多因素导致孩子轻生，但这位不幸的父亲是否也会反问自己对女儿的暴行——你看值得吗？

祖父认为教育孩子绝不能动用武力，而且这还远远不够。一个平和的成长环境必须有爱、有尊重、有共识。每当父母和孩子意见不合，父母会说："我是一家之主，只要你住在这里就得听我的。"这话充满着矛盾和敌意，只会导致父母和孩子的对立。而在非暴力的手段下，父母和孩子通过沟通寻求共识，借助理性相互扶持。家长也会接受孩子的过错，孩子的失误跟自己并非毫无关系。

我十六岁那年，父亲让我开车送他进城，他去开会的同时，我正好帮家里干点活。当时我们住在南非的乡下，并没有很多机会进城，我自然对这次出行万分期待。那时一直听人说美国电影很好看，于是我顾不上父母的反对，决定干完活就去看场电影。

一大早我把父亲送到开会的地方，他嘱我傍晚五点准时到那里接他。母亲让我采购点杂货，再办点事，父亲则让我把车开到修车行更换机油。"你有一整天的时间做这些事，应该不成问题。"他说。

我火速办完母亲交代的事情，立马把车开到修车行，正好赶上两点那场电影。我一屁股坐到位置上，心里为自己的周密计划暗自窃喜，之后便完全沉浸到约翰·韦恩的电影里，电影跟我预料中的一样精彩。结束时才三点半，原来是两场连映，下半场马上就开始。我算了下时间，看完前半个小时再去接父亲也来得及。然而，电影实在太好看了，我坐在位置上一动不动，忘了时间，直到电影在五点半结束。完了！我飞奔到修车行，开了车就往会议中心跑，结果到那里已经六点。

父亲看到我来了松了口气。他担心了良久。"你怎么这么迟才来？"他一边进入车里，一边问道。

我当然不好意思告诉他看暴力血腥的西部片有多爽。你可能以为上次跟尼赫鲁吃早餐那件事以后，我就不会说谎了。但有的时候，人总想维护自己的颜面。"车还没修好。"我找了个借口答道。但即使我这样说了，父亲脸上依旧写满了失望。

"我给修车行打了电话，他们可不是这么说的。"父亲说。他停顿了一会儿，似乎在思考该如何处置我。但最后，他无奈地摇了摇头。"你今天对我撒谎让我感到很难过。作为父亲，我没有教育好你，没能给你说实话的自信和勇气。为了反省自己的缺陷，我走路回家。"

说完，父亲打开门下了车，走到路上。我立马从车里跑出来，追着他道歉。可父亲还是自顾自地走着。我费尽口舌让他上车，跟他保证不再撒谎，而他却摇着头说："我肯定有哪里做得不对。我要边走边思考怎样才能把你教好，让你明白说真话有多重要。"

羞愧难当的我跑回车里。我不能陪着父亲走路，我还得把车开回去。但我又不能自己走了，留他独自一人走夜路回家。于是我打开车灯，在父亲身后慢慢地跟着，一跟就是六个小时。这段路，父亲走得很艰辛，于我而言更是折磨。我竟然让父亲为我自己的不诚实受罪。他非但没有惩罚我，还把过错都归咎到自己身上。

母亲一直等着我们回家吃晚饭，此刻她必定心急如焚。那时还没有手机，打个电话还得进城一趟。我都可以想象，母亲和姐姐妹妹站在屋前，眼睛一动不动，努力在漆黑的夜色中搜寻车辆的踪影。大概午夜时分，母亲总算等来了归人。她终于看见，两盏车灯悄悄缓缓地靠近，慢到似乎永远都到不了家。她以为是车辆出了故障导致我们晚归，但回到屋里才知道并非如此。

若是父亲惩罚了我，我定会感到羞耻，但不一定会认错。羞辱只会增强我的反感和叛逆，让我想去伤害别人来为自己报仇。但好在父亲没有那样做，他分担了我的过错，然后带着我一起纠正错误。我永远都忘不了这件看似微不足道的小事，它给我带来的正面影响是强迫和体罚永远无法企及的。父亲的方法能培养出自信、懂事而专注的孩子。

父母必须学会尊重孩子，必须懂得己所不欲勿施于人的道理。只有这样，孩子才能善良而勇敢，才不会成为坏孩子欺负的对象。如今孩子受人欺凌，被人围观拍下视频的新闻随处可见。祖父不会问，"我们的孩子怎么了？"他很清楚这根本不是孩子自己的问题。如果我们没有给孩子积极的示范，那么就不能责怪他们如何无情和残忍。

父母给孩子买时髦的衣服、最新的玩具，但孩子是不会知足的。于是父母就抱怨孩子不懂得感恩。现在美国很多孩子都活在保护罩里，根本不懂得"民间疾苦"。那么既然他们连可以比较的对象都没有，他们又将如何感恩自己拥有的生活？只有看清自己在社会中所处的优势地位才能触发由衷的感激。我们只有彼此了解和联结，才能共同进步和繁荣。

我的两个孩子岁数还小的时候，跟所有孩子一样都想办生日派对。我和妻子自然很爱我们的孩子，也想为他们庆生，可在孤儿院的工作经历让我们意识到，有一件事情远比办派对更重要。我们想让孩子知道有家人疼爱是一件多么幸福的事情。于是我们带着他们去当地的孤儿院办生日派对，让所有孩子都来一起庆祝。

"我们为什么要跟一群陌生人开派对？"女儿问我，"我们为什么不请我的好朋友？"

"他们都有好多吃的穿的了，不需要我们再分享啊。"我解释道，"我们要跟没有的人分享。"

女儿和儿子开始并不看好我们的安排，直到我们去了孤儿院，事情才有所转机。这个孤儿院跟我们之前见的都差不多，阴冷黑暗，墙体都脱落了。孩子们根本没玩具。岁数小的孩子就坐在地上，摇头晃脑地安抚着自己。他们没有任何东西可以把玩。我的两个孩子震惊了。从那以后，他们慢慢地把自己的玩具带去孤儿院。一次我们买了三人自行车过去，可孤儿院的孩子从没见过这样稀奇的玩意，根本不知道如何坐上去，如何踩踏板。

我的孩子跟孤儿待了一段时间后，似乎对他们自己的生日派对有了新的想法。他们开始相信，拥有美好生活的自己应该和孤独无依的孩子分享玩具和爱。这些原本的陌生人如今也不再那么陌生了。

有了好榜样，孩子才能学好。在得知孟菲斯的老师还在体罚学生后，我决定开一门解决冲突的课来扭转他们的态度。很显然，孩子需要一个非暴力的榜样来解决问题，但大人们的解决办法恰好相反。我在一所中学上了第一节课，我让那里的孩子们学习如何当同龄调解员。调解员必须想办法让两个意见不合的人坐下来，自己则坐在他们中间，帮助他们解决纷争。调解员在引导谈话时必须遵守一些规则——谈话双方不可动怒，在做出回应前必须先仔细倾听。

孩子们一起练习，起初似乎略为尴尬，但很快就掌握了要诀。他们明白了分歧其实可以在和平与尊重中化解。他们第一次对自己的人生有了掌控，懂得不用暴力也能解决矛盾。后来有人告诉我，那天课上的一个男孩晚上回到家，发现父母正在吵架。起初他跟往常一样躲在房间的角落里，但后来他鼓足勇气出去了。

"现在我是一个调解员，让我来帮你们解决矛盾。"他勇敢地宣布，"现在请你们面对面坐好，我来调解。"

父母完全被孩子的冷静和智慧震慑。他们立刻默不作声，向孩子道歉。调解在拥抱中结束。

我们立下遗嘱，分配物质遗产，把金钱、房产和钻戒留给后代。但我们有否想过自己在无形之中留下的道德遗产？我们给予或者拒绝爱的教育方式代代相传。祖父初次体会非暴力的教育方式和爱的力量都来自于父母。他做错了事情，他的父母用爱和理解回应。之前我说过，祖父给父母写了一封信承认错误，之后他的父亲抱着他哭了。祖父后来写道："父亲用泪水洗刷了我的罪过。"倘若当时他父亲抽他耳光，羞辱他，或者关他禁闭，我的祖父可能就变成另外一个人了。乖张而充满戾气的甘地不可能给世界带来如此深远的影响。甚至我们都可以说，未来数百万人的命运都将由我们给予自己孩子的爱或恨决定。

显然，如果爱、尊重和同情心能改变一个家庭，那么它们同样能改变千千万万的家庭。千千万万的家庭就组成了我们赖以生存的世界。非暴力的种子在年幼的祖父心中种下，他用一生孕育它长大。如今的人尊祖父为圣人，但祖父并不这么认为。他尽量让世界看到自己平凡的一面，让世界相信所有人都能像他那样通过辛勤工作和无私关怀改变自己。我在静修院时，祖父让我承诺每天都比昨天有所进步。这个目标跟随了我一生，每天早上醒来我都会提醒自己。

青少年时期的祖父经历了那个年纪的挑战，他很不幸地误入歧途。这种事情会发生在任何人身上。但好在拥有家人的爱和关怀，他没有泥足深陷。很多家长把

"我爱你"挂在嘴边，但祖父的父母总是默默地给予无条件的爱。对他们来说，教育孩子是人生的头等大事，根本不是负担或者牺牲。祖父在日常的互动中感受着无私的爱，从中获益。或许你不应该再抱怨有了孩子之后就去不成派对，享受不了单身生活了。为什么不给孩子一份最好的礼物，为什么不告诉孩子，他们才是你人生最大的快乐和意义？

如今的生活里，我们崇尚财富和成功，但轻视快乐与善良。有的家长嘴上说想让孩子过得快乐，但随着他们年岁增长，就给他们越来越重的压力。事业和金钱占据了我们最多的时间和注意力，培养孩子爱心、信任和理解的任务则一拖再拖，取而代之的是昂贵的礼物。当然，兼顾工作和家庭并不容易，我也很敬佩那些为人生不懈奋斗的人们。但我们应该避免错误的价值观，我们眼里不能只有短期的利益。

我和妻子移居美国的时候住在大学校园里，我们经常邀请学生带上午餐来家里探讨祖父的非暴力哲学。妻子为人善良，将学生看成孩子一般，总是抱着他们问生活的近况和需要。有一个学生竟然抱着她，在她怀里哭了起来。"我自己的父母从没问过我这些问题，"她说，"我多希望他们跟你一样关心我。"

这个学生的父母或许并不是不爱她，只是埋头事业便无暇顾及孩子需要的关心和教导。

我的女儿在纽约州当了妈妈以后，保留了我们家每晚七点一起吃晚饭的传统。无论女儿的孩子在干什么，时间到了，他们肯定准时出现在餐桌上。但那时孩子还小，等到他们去上高中，他们的朋友好奇每天晚上赶回家干什么。于是女儿让孩子邀请他们的朋友来家里做客，感受一下我们的家庭传统。

一个孩子坐在餐桌前瞪大了眼睛，她从没听自己的父母在吃饭的时候分享故事、谈论一天的见闻。最后她才承认，这是她第一次跟"家人"一起吃晚餐。她的父母都有工作，都单独做饭。"我们回到家就看看冰箱里有没有吃的，根本没人在乎我们。"她红着眼睛说道。那之后，她也想拥有家庭的爱。

孩子有时候想要独立，于是假装父母在身边会给他们带来负担，但这其实是一种幸福，因为他们内心深处需要爱和理解。父母忙于生计而疏于家庭时，孩子的人生就不完整了，甚至都可能没有希望了。

*

祖父超凡的精神自制力让人刮目相看。五岁那年，他第一次见证了精神的力量。祖父的母亲一直奉行印度教的宣誓传统，经常会在很长一段时间内放弃一样东西。那时祖父正蹒跚学步，她则立下誓言——没看见太阳就不吃东西。通常情况下，这倒也不是大事，但不巧的是，那时适逢梅雨季节。连续几天，太阳都被阴云笼罩，露不了头。尽管祖父的母亲照常给家人做饭，也陪他们吃饭，而她自己却颗粒不进。祖父看着母亲忍受饥饿之苦达数日之久，心里很不是滋味。那是他第一次体会到什么是同理心。

一天下午，祖父坐在窗边默默祈祷，祈求日出云开。突然，一道阳光刺穿云层，祖父激动得大喊大叫，赶忙让他母亲过来。然而，等她放下手中的活来到窗边，久违的太阳又躲到云层后面，消失不见了。祖父的母亲笑着说："可能今天上帝不想让我进食。"

如今再没有人会像祖父的母亲那样起誓，人们会想尽一切办法满足自己。但祖父却被影响了一生。后来，他自己也会为政治诉求长时间断食，以获得外界的重视。如果他之前没有锻炼自己的精神意志力，他后来就不可能做到这些。按照静修院的规矩，每周一须在沉默中度过，祖父经常利用这段时间断食，来培养自制力，控制欲望。所有一切都源于他的母亲，他继承了母亲的精神遗产，并把精神的力量灌注给全世界。

我们的态度对孩子影响深远。他们能感受到我们专注的爱，也能觉察到我们分心走神，他们从我们的日常行为中模仿学习。父母树立的榜样决定了孩子未来的人生，但我们现在有多少人想要甩掉从父母那里学到的习惯？有时候，我们很不明智地重复自己在孩提时代遭受的暴力和羞辱，无意中延续了本该终止的传统。我们应该有意识地践行非暴力教育，然后把这份礼物送给孩子，再由孩子传递给全世界。

祖父有四个儿子，我的父亲马尼拉尔是家里的老二。父亲和两个叔叔达瓦达斯、拉姆达斯一直践行祖父的精神，学习他的善良和奉献。但我的伯伯，也就是家里的老大哈利拉尔从小就是个叛逆分子，一直麻烦不断。长大成人后，他便开始酗酒、偷窃、挪用他人钱财。祖父认为自己应该为儿子的失败负责，想要帮他走出困境。但帮助孩子改邪归正的前提是孩子自己得配合。哈利拉尔对此不以为意。祖父想办法让他回家，但这个浪子不知悔改，执迷不悟。好几年他都身无分文，流浪在外，甚至对祖父的事业嗤之以鼻。他似乎成心想败坏祖父的名声。

后来哈利拉尔到德里的一座清真寺，大肆作秀，扬言要放弃印度教，转投伊斯兰教。祖父对任何宗教都持包容态度，有一个信仰伊斯兰教的儿子并不会让他烦恼。然而，哈利拉尔对伊斯兰教并不感兴趣，他这样做完全是为了钱。那时，宗教之间的冲突高涨，好事者就想利用哈利拉尔让祖父难堪。"我必须承认，我很心痛。"祖父在信中写道。宗教源自最纯净的心灵，而他的儿子竟然因为叛逆赌气而玷污对善良和真理的追求。

　　哈利拉尔从祖父那里得到的爱和教导并不比我父亲和叔叔少。所以无论故事讲了多少遍，我都不觉得祖父有任何责任。父母把该做的都做了，孩子的问题还是没有改观，那么他们或许应该原谅自己。有些本性是天生的，无论我们作何努力都无法扭转自然的选择。

*

　　掌握实用的技能固然重要，但深刻理解世界同样关键。祖父在静修院教育孩子时，意在传授给他们做人的智慧，而不只是简单的知识。他认为最好的教育能培养孩子待人接物、处理情绪的能力，能教会孩子合作共赢而不是拼个你死我活。多年以后，心理学家和教育学家开始明白祖父的理念，逐渐意识到情商的重要性。

　　祖父曾给我讲过一个经书里的故事。从前有一位国王，他把自己的儿子送到民间去接受历练。多年以后，王子回宫，自以为深谙俗世之道，比任何人都聪明。但国王不以为然。"你告诉我，如何获知不可获知之事，如何参透无法参透之谜？"国王问道。

"这根本不可能。"王子回答。

于是国王吩咐他去厨房取一枚无花果，并让他切开。国王和王子盯着细密的无花果籽看了一会儿。国王说："现在你取一粒籽，将它切开，告诉我你发现了什么。"

王子想办法切开无花果的籽，可籽太小了，一直从刀刃下滑走。于是他说："里面是空的。"

国王点了点头，说："你以为里面是空的，但它却能长成参天大树。所谓的'空'正是生命的源头。只有等你参透这'空'，才能算学有所成。"

*

祖父一直在实践非暴力的教育，不惜花费大量的时间教育我。面对社会动乱和俗世纷扰，他自岿然不动。

他想要参透世界更深的奥义。他亦相信，即使是最细小的无花果籽，只要播种到合适的土壤里，就能生根发芽，枝繁叶茂。

我们不能被自己的眼睛和固定的思维限制，而应主动理解世界，寻求更高的真理。

第八课

谦卑的力量

　　祖父在塞瓦格兰姆的静修院时，访客不断。一天，一个刚从伦敦政治经济学院获得博士学位的年轻人来到这里。他人很聪明，反应灵敏，迫切地想要改变印度的经济状况。他的父亲是个知名的实业家，夫妇俩都是祖父的好友，也都很敬仰祖父。他们觉得自己的儿子施瑞曼在走入社会之前应该获得甘地的祝福。

　　于是，施瑞曼就来了。整整半个小时，他都在跟祖父吹嘘自己的成就，大谈自己要如何振兴祖国的经济。祖父没有作声。

　　"好了，请赐予我您的祝福，这样我就能去工作了。"施瑞曼说。

　　"你得想办法争取我的祝福。"祖父答道。

　　"您想让我怎么做？"

　　"跟我们一起打扫厕所。"

　　施瑞曼简直不敢相信自己的耳朵，"我堂堂伦敦政治经济学院的博士毕业生，你让我浪费时间打扫厕所？"

"是的，如果你想获得我的祝福，就请照做。"祖父平静地说道。

施瑞曼二话不说，离开了屋子。那天晚上和次日早上，他勉强地倒了厕所的垃圾桶。然后他把自己搓得干干净净，去问祖父："我已经按你说的做了，现在请给我祝福。"

"慢着，"祖父笑着说，"只有让我相信，你打扫厕所跟你想振兴经济一样有热情，我才会给你祝福。"

祖父并非想为难他。他看到了施瑞曼的自负，这个年轻人如果不改正这个缺点，以后恐怕会一直吃亏碰壁，自然也干不成大事。人一旦自视过高，就不会尊重和同情别人，并容易给人划分等级。尽管你自己的观点没错，但自负让你看不见别人的想法。祖父想要帮助穷人，为了深刻了解他们的需求，他就过着和他们一样的生活，所以静修院的生活跟穷人的生活并无两样。类似地，社会底层人士，那些所谓的"贱民"干的都是最苦最累的活，比如扫厕所、倒垃圾。如果施瑞曼想要帮助

所有人脱贫，发展国家的经济，那么他必须先理解穷人
的生存境况。

即使是在进行改变印度、影响世界的商谈，祖父也
不忘谦卑。他不认为谦卑是软弱的表现。恰恰相反，傲
慢只会导致破坏和分歧。在别人面前表现得高人一等会
触怒人家，更会蒙蔽你自己的双眼，让你看不见人与人
之间的联系多么紧密。不懂谦卑的人会歧视那些挣扎在
生存边缘的人。你瞧不起难民，因为你没有意识到，其
实你现在所处的优势地位也可能在某天被剥夺，就像难
民一样流离失所。你忘了自己其实和那些为了躲避战
乱，逃离家园的人并无不同，只是你比他们幸运而已。
如今，不同种族、阶级、宗教和政党之间纷争不断，我
们应该学习如何保持一颗谦卑的心。

有人认为，谦卑和礼貌要求我们"忍受"别人。
但我觉得其实不然。"忍受"别人就表示你又在无形
中抬高了自己的地位，说明其实你认为自己是在降低
身份去迁就别人。这样的"忍受"不是谦卑，反而会
疏远彼此之间的距离。只有去理解与我们背景不同的

人，才能促使我们谦卑地接受和欣赏彼此之间的差异。二〇一六年的美国大选充斥着讽刺、抹黑和敌意，某个党派的代表人物更是言辞粗鄙，语出惊人。整个的竞选过程中，他就是在鄙视那些与他意见相左的人，他甚至想尽办法让自己的支持者相信，他们只要跟了他就能高人一等。他的叫嚣让很多人想起那些外强中干的独裁者，这些人没有真本事，整日活在被傲慢和自负充斥的回声室里。发生这种事情其实并不新鲜——历史上有太多盛气凌人的恶霸在世界各地为虎作伥。而祖父跟他们中的几个打过交道。那些喊得最响的人往往做得最少。"空鼙鼓响过震天雷。"他笑着告诉我。而那些真正有观点、有办法、有道德的人根本无须哗众取宠。

我在静修院那会儿，祖父千方百计想让印度脱离英国的统治。他反对分割土地，否则巴基斯坦就会被割裂出去成为单独的国家。住在一起的穆斯林和印度家庭就会被迫分开，更多暴力将会接踵而至。他还为妇女和底层劳动人民争取平等权利，这些弱势群体被隔离到城外的小村庄里，也不被允许进入寺庙或学校。很多政客告诉他，平权运动等印度独立了再搞也不迟。但祖父坚持认为解放所有人刻不容缓。内心深处的谦卑告诉他，任何形式的歧视都会破坏社会的人性。

当局者迷，旁观者清。我遇到的美国人经常会说，他们无法理解印度的上层阶级为什么不肯与底层人民共用一口井，并觉得他们自己会因此而被污染。这时，我便会提醒美国人，过去在美国的公共厕所、饮水池和游泳池，"白人专用"的标志随处可见。那么，我们为什么会有"被污染"的担忧？也许是傲慢让我们以为自己高人一等，也许是我们本就知道自己与常人无异，所以想凭借强制隔离来保护自己的自尊心和优越感。

祖父知道我们每个人的生活和命运都紧密联系，唯有谦卑能让我们意识到这一点。一天，他让我背着纺纱车去他房里。我进去坐下，期待着又一次边讨论边纺纱的机会。没想到，祖父让我把纺纱车给拆了。我很疑惑，但还是照做了，并将拆下来的零件堆在地上。其实我应该猜到，祖父不可能无缘无故让我这么干。果然，祖父接着让我试着纺纱。

"我怎么做得到？机器都被拆了。"

"那就再组装起来。"

这不是浪费时间吗？我立马动起手来。然而，等我就快大功告成，祖父伸出手来拿走了一根小小的弹簧。他把弹簧攥在手里，显然没有要还给我的意思。

"没有弹簧，我就组装不了。"我说。

"为什么呢？弹簧就这么点大。"

"弹簧是很小，可机器没有它就不完整了。"

"弹簧这么小能有什么用，少了也没太大影响。"他假装眯着眼看手里的弹簧，"没有弹簧，纺车也能正常运转。"

"当然不能。"我坚定地说道。

"你说得对！"祖父的愉悦溢于言表。他等了许久才让我明白道理，然后他又解释起其中的缘由，"每个部分都很重要，都对整体做出贡献。弹簧之于纺车，正如个人之于社会。缺少任何一个人都不行，我们必须团结一致。"

每个部分都很重要，都对整体做出贡献。弹簧之
于纺车，正如个人之于社会。缺少任何一个人都
不行，我们必须团结一致。

无论机器，还是社会，只有小的零件到位了，大
的体系才能顺利运转。祖父的教训对商业成功也大有裨
益。在大企业里，成功的领导明白公司的水平取决于每
个员工的水平。如果他们能谦卑地对待各个阶层的员
工，尊重和承认他们的价值，那么公司将前途无量。大
型连锁超市沃尔玛最近决定给员工涨薪水，以此肯定他
们的贡献。沃尔玛拥有全球最多的员工，加薪毫无疑问
是大胆而昂贵的一步。企业可能在短期内有所损失，但
从长远的角度看，改善员工待遇能提高他们的忠诚度和
工作积极性。这项措施已初见成效，商店普遍运作良
好，客户满意度也大幅升高。

祖父并不关心沃尔玛的股价或者账本底线，不过他

应该会为经济规律与人道主义关怀相契合而感到欣慰。给货架补货的员工就像纺车的弹簧，没有他，超市就无法运作，而善待他，企业就会更加成功。一个谦卑、赏识每个员工价值的总经理肯定比一个傲慢自负、自以为关起门来做决定才是正途的总经理更容易成功。

无论是祖父的年代还是现如今，人类遭受的最惨重的悲剧最后都可以追根溯源到不谦卑引起的不平等。傲慢自大的国家元首想扩大势力范围，压迫和征服人民，于是便有了战争。被社会抛弃和遗忘的人想要重新进入人们的视野，于是便有了恐怖主义。一系列黑人被枪杀的案件发生后，美国民众发动了名为"黑人的命也是命"的游行，光这个名字就很能说明问题。每一个人都想获得肯定。而一次又一次，我们拒绝接受女性、底层劳动人民、不同宗教的信徒、移民和难民，这都是很重要的事实。我们不能像操场上的小孩那样吹牛"我比你厉害"，我们应该认识到这样的态度幼稚而愚蠢。祖父认为只让大部分人过上好日子是远远不够的，我们得让所有人都享受发展进步的成果。

　　祖父很早就开始思考谦卑的力量。他小时候不懂为什么他不能跟清洁工的孩子玩耍（父亲一个人的工作就给整个家庭都定了性）。长大后，他看着英国殖民者压迫印度人民，他在南非遭受白人的冷眼。人一旦觉得自己高人一等，就不会心怀尊敬地对待他人，歧视便出现了。而唯一的解药就是谦卑。

　　早先祖父为南非的印度人争取平等权利的时候，他同一位处理印度事务的政府官员会面。祖父告诉他，印度人并不是他们口中的"问题"。印度人辛勤而节俭，为社会默默付出。那位官员说他赞成祖父的观点，但他又补充道，产生歧视的原因其实不在于此，"欧洲人畏惧的并非印度人的恶，而是他们的善。"

　　这是很重要的一课。无论对女性、少数族裔，还是对移民，我们压迫他们、剥夺他们权利的背后其实是对他们自身的价值视而不见。把他们压下去了，我们才能更强大。但这种强大是一种虚伪的假象。如果我们对自己足够自信，我们会赏识他人的才能，我们会在他们前进时给予鼓励，我们也会在他们需要帮助时伸出援手。

祖父习得谦卑之道，并把谦卑的力量投入志愿服务中去。祖父曾到南非德班的一家公益医院当义工，帮助那些有需要但却被忽视的病人。后来布尔战争爆发，祖父利用自己在医院所学，组织了一个救援团。他集结了一百多名志愿者，其中很多都是印度的包身工，但他们很快便学会如何处理伤员。战地道路崎岖不平，车辆根本无法通行，祖父和志愿者只能用担架把伤员一个一个抬到附近的战地医院，而他们在烈日下走六十多里路也是家常便饭。战争结束后，英国授予祖父一枚奖章，以表彰他和志愿团队为救死扶伤做出的努力。

战争年代，人性的堕落总让祖父震惊。在更早的祖鲁战争期间，他亲眼看着英国军队屠戮寡不敌众的当地民众。"他们似乎在举行杀人比赛。"他后来说。枪炮铁骑武装下的英国士兵将枪口对准了举着长矛、长棍跑来迎战的当地人。手握大权的人恃强凌弱，暴露出人性中最丑陋的一面。而祖父的救援团不分敌我，对祖鲁人和英军一视同仁，执意让所有人获得应有的尊重。

祖父的战地经历让他明白，利用暴力手段控制他国、树立本国权威是一个严重的错误。掠夺钱财、占领土地换不来国家真正的富足。只有尊重个人权益和人格的国家才能真正走向富强。"民善则国治，民富则国强。"

世间乱象丛生，究其根本，全在于社会之七宗罪：

其一，投机倒耙，不劳而获。

其二，贪图享乐，不问良心。

其三，经商无德，唯利是图。

其四，科研无度，泯灭人性。

其五，饱读诗书，而无品格。

其六，求神拜佛，而无虔心。

其七，党派纷争，尔虞我诈。

最近我又添了一条：

其八，只享权利，不尽义务。

我们只有意识到每个人的价值，才能营造出惠及所有人的环境。班克·罗伊是一名印度的教育家，他从小就读于印度最好的学校，连续三年蝉联全国壁球冠军。"未来就在我面前，世界就在我脚下。"他承认道。父母给了他昂贵的精英教育，可他没有如他们所愿成为医生或者外交官。他决定到贫穷的村落里挖井。罗伊抱着谦虚的心态走进村子。他来这里不是为了给村里的长辈上课，而是为了向他们学习。后来，他开设了一所"赤足学院"，运用人们现有的技能来探索新想法和新发现。

罗伊的原则与我祖父的教导一脉相承：平等和谦卑。和祖父的静修院一样，罗伊鼓励人们来"赤足学院"挑战、学习和发现，而非如何脱贫致富。起初，他只是让当地的人们吃饭、睡觉和工作。他没有告诉人们应该学什么，而是专注于他们现有的认识范围内最核心的部分。阅读和写作并非当务之急，先给偏僻的村落通上电、装上水泵比较切合实际。于是他试着教目不识丁和身无分文的村民如何用太阳能发电。他们竟然成功了。短短几周，村里的妇女就学会收集太阳能给全村供电。从"赤足学院"走出来的女性现在已经成功让整个印度的小镇和村落用上了电。其他国家看见如此成就，便邀请罗伊前去出谋划策，于是罗伊把技术带到了阿富汗和更多非洲国家。如今大字不识的老奶奶正把太阳能发电的技术带到塞拉利昂、冈比亚和更多国家。

　　然而，鲜为人知的是，罗伊刚到村子里时，老人们还以为他是个逃犯或者失意者。他费了好大力气才向他们解释清楚，为什么贫穷的人自己琢磨出来的技能值得被主流社会借鉴。学院里多数女性都是文盲，而村民又说着各种不同的语言，罗伊很快就打消了上课或者探讨的念头。他用手势比划，用玩偶扮演，照样达到了沟通的目的。他开玩笑说，这些玩偶是用世界银行的报告做成的。换句话说，那些大人物和大机构出产的大想法有时并不一定比平常人的小主意更管用。"赤足学院"是全印度唯一一所不招收博士或者硕士当老师的学院，罗伊完全依靠劳动人民自己的智慧来开展自己的计划，也只有这样，才最能体现体力劳动者的尊严。

　　唯有谦卑之心能让一个接受过高等教育的人乐于向没有文化的穷人学习。罗伊经常借用我祖父的话说，"起初他们忽略你，接着他们嘲笑你，后来他们反抗你，最后你却赢了他们。"罗伊赢得村民的支持，靠得是对平等和集体决策的坚持。太多时候，野心勃勃的外来者带着自己设计的宏伟蓝图来到贫穷的村落准备大展身手。而罗伊却能以谦卑的心态承认村民已有的知识和技能，然后帮他们走得更远。他带来的技术是他们能够应用和掌控的。

> 起初他们忽略你，接着他们嘲笑你，后来他们反抗你，最后你却赢了他们。

"赤足学院"的成功证明祖父倡导的谦卑和奉献确实能够为世界带来可观的改变。这同样也在提醒我们，心怀谦卑地接触世界能让我们发现和创造更伟大的事物。

祖父向来有自知之明。无论他给世界带去多少重大的改变，他从不认为自己有异于常人的天赋。"毫无疑问，任何人都能做到我所做的一切，只要他们肯下功夫，只要他们心怀希望和信念。"

*

　　只是用言语表达我们对每个人价值的肯定当然简单，难的是把这种肯定落实到细处。大多数时间，我们都认为自己是对的，自己的选择是正确的——也就是说，其他人都是错的。心理学家发现，一旦我们有了这样的心态，就不会再去搜集信息验证我们的结论是否正确，而是先入为主地形成直觉的观点，然后去找支持这些观点的事实证据。无论大小事情，我们总会不自觉地陷入类似的误区。举例来说，你去买新车肯定先找一款你喜欢的车型，然后再参考那些与你看法一致的评价。不仅买车，我们在竞选总统时也这样。我们不会花时间去权衡各种事实，而是先选择一个候选人，然后关注对他的正面报道，忽略其他反对的声音，给予他无条件的支持。

　　我曾经犯过类似的错误。后来发现如果当初谦虚一点，可能就会看到事实的另一面。一九八二年，理查德·艾登堡以祖父的事迹为题材拍摄了电影《甘地传》。我最初听说祖父的事迹要被拍成电影的时候，内心其实相当忧虑。艾登堡也没有参考我们家人的意见。之后我又听说印度政府预备出资两百五十万美元投入电影的拍摄——我感到事情可能没那么简单。我立即在《印度时报》的专栏撰文批评印度政府的阔绰，祖父自己肯定希望这笔钱用在穷人身上。两百五十万美元能改变很多人的生活，现在竟然要浪费到一部电影的拍摄上。

《甘地传》上映前，我被邀请去参加提前点映。我忐忑地坐下，结果电影一开始，我的眼眶就湿润了。电影可能有几处差错，但恰到好处地抓住了祖父人生的精髓。电影开始前也有声明，"尽管不能再现每一个细节，电影已经尽其所能地忠实反映历史和甘地的心灵。"制作方做到了。我回到家写了一篇文章跟进，收回了原先的批评，并且承认我对电影除了赞美还是赞美。演员本·金斯立对祖父的演绎可以说滴水不漏，更把祖父的非暴力思想和博爱传达给了世界各地的人。最终，《甘地传》斩获包括最佳影片在内的八项奥斯卡大奖，金斯立和艾登堡的获奖也是众望所归。

　　而我学会了谦卑。

＊

　　祖父不喜欢人们根据性别、国籍和宗教划分出来的标签。他担心爱国主义可能沦为国民罔顾他人而偏安一隅的工具。在自己周围竖起壁垒、与人划清界限时，我们其实在说，我们的方法比别人的好，我们不想看见或者听见别人的立场。这种方式只会导致分歧和冲突。非暴力的手段需要谦卑作为支持，要求我们尊重他人的观点和热情，即便我们并不与之苟同。

　　放弃标签、包容差异并不简单，但这样做的结果大有裨益。一位在纽约州罗切斯特教书的老师最近让我去给他们讲讲非暴力的思想，于是我便与学生们分享了祖父的方法和信仰——爱、敬重和尊严能够化解戾气和失落。在我走后，老师让学生们用祖父的理念创建小项目。一个月后，我回去验收成果。一个体格较大的女孩说她经常因为自己的身材而被嘲笑和欺侮。通常她都会很愤怒，并且恶狠狠地骂回去。但在了解祖父的方法后，她决定换一种方式，以德报怨。她再受欺负时便和言悦色，善意的回应让那些人不知所措，无言以对。后来，她又发起了一个名为"钻石之心"的俱乐部，邀请学校里其他有相似经历的人加入，教他们如何用善意化解矛盾。

我对这个女孩的项目印象深刻，她难能可贵地看到了其实恶霸并没有看上去那么强大——他们欺软怕硬，只是想通过欺负弱小满足可怜的自尊心。而女孩善意的回应让恶霸放下愤怒，乐于和解。但之前，女孩的骄傲反而增长了他们的嚣张气焰。如今他们不再需要大喊大叫、大打出手来保住自以为至高无上的地位，与人平等、相互尊重成为他们的最终选择。

任何文明的社会都不能缺少公平和尊重。祖父承认经济平等可能无法完全达到，但如今的贫富差距未免太过巨大。社会的成功人士住的是豪宅，根本看不见民间疾苦，这样的不平衡势必会引发一系列社会问题。我们都喜欢把各种成就归功于自己的努力，但事实是没人能够独自成功。

我们需要谦虚地承认并且赏识他人为社会繁荣所做的贡献。

我认识一位叫作拉津德拉·辛格的医生，他在萨里斯卡这个小村落里行医。萨里斯卡土地贫瘠，寸草不生。辛格在那里工作仅有几周时，有位老者告诉他，比起医药或教育，村民其实更需要水。他让辛格随他去山上，那里的岩石表面全是裂缝。

"每年下的那点雨都从这些缝隙里流走了。"老者解释道。他又跟辛格分享了一些传统办法，比如在地上挖坑来蓄水。辛格医生觉得这个办法可行，于是老者建议他带头做个项目。"我年纪大了，村里的人都说我是个怪人，"老者说道，"但你有学识，他们应该会听你的话。"

辛格医生决定身体力行。他在地上挖了几个坑准备蓄水，等下雨时，水坑就会积水，周围的干土也能吸水。村民们很惊讶，便让医生帮他们多挖些坑。很快，这块贫瘠的土地重新恢复了生机，这个村落也被雨水洗刷一新。

辛格医生接着帮其他村落收集雨水。他已经成功地把一千多平方千米的旱地变成耕地。他说自己并没有发明什么新科技或者斥巨资建设什么项目。他只是借鉴了劳动人民自己的智慧。雨水能够滋润贫瘠的土地，而人性的融洽能够舒缓人与人之间的交往。我们作为单独的个体，只有身处集体的潮流中才能绽放自我。

谦卑让我们欣赏他人，谦卑锻炼了我们的坚忍，谦卑成就了更强大的世界。如奥巴马离开白宫前所言，我们不能视人类为"各自为政、互不理解的部落"，我们需要认识到"共有的人性"。

尽管我们已经积累了那么多知识和技术，谦卑之心告诉我们，教育永无止境。天体物理学家通过最新的研究发现，我们只认识到了宇宙的百分之五，还有剩下的百分之九十五等着人类去探索和发现。我们在不同的地方发现新事物。唯有谦卑地看待平凡的村民或是伟大的思想家，我们才能最大限度地扩展自己的世界观。如祖父所说："让每一缕知识的清风从每一扇窗户吹进来。"

让每一缕知识的清风从每一扇窗户吹进来。

非暴力五法则

很多人会觉得重要人物肯定时刻都要摆出一副威严的面孔，但我印象中的祖父总是那么和蔼而有趣，喜欢玩游戏放松。到了晚上，他喜欢出去走个几里路，而我常常陪伴他左右。我的祖父仅有一米六的身高，我十四岁的时候就比他高了不少。他总是把一只手搭在我肩上，用另一只手挽着同行的年轻人，我们是他的"拐杖"。他甚至还会架在我们肩上腾空而起，像个孩子似的摇摆喊叫。若是我们没能支持住他，他便会笑着说："你们怎么都不专心！"

祖父的幽默感让他变得容易亲近，他用自然的智慧说服人们，他和他们并无不同。随着他的年龄增长，人们总会关注他的高贵品质，并且默认他生来就是圣人。但祖父从不认为那些特殊的才能是与生俱来的，他也经常提醒我人生刚刚起步时的艰辛。坚定和奉献造就了他的伟大，而只要我们想要改变，就可以努力改变自己。

祖父通过断食来表达政治诉求，但在他还年轻时，生活还没有如此简单，食物于他而言有着不同的意义。他喜欢吃，最喜欢吃的食物是印度的甜饼。一次在南非，他和祖母邀请别人到家里吃午饭。祖母在厨房做饭，祖父闻到香味便溜进厨房。看见祖母做了他最喜欢的甜饼，他开心得不得了，但又心事重重地跟祖母讲："这么多人，可能会不够吃。"

"足够的。"她说。

"但这些我一个人就能吃完！"祖父说。

"别逗了，你吃不下这么多。"祖母摇了摇头回道。

"你不信吗？"祖父的眼里闪着光，"来吧，能做几个做几个，看我吃不吃得完。"

于是祖母做了整整十八个甜饼，每个都是大号煎饼的尺寸。她把甜饼拿到祖父面前，看着他一个接着一个吃完了。最后祖母只得认输。

后来祖父慢慢放弃了他心爱的甜饼（可能一辈子吃十八个也足够了），以及许多其他美食，生活方式也日趋简化。当他到静修院后，他的吃食完全没有滋味，没有盐和香料。阿布哈负责给祖父做饭，一次我让她拿祖父吃的饭给我尝尝。

"你肯定不喜欢，"她跟我说，"根本没味道。"

阿布哈拿给我一碗用羊奶熬制的蔬菜糊。我盛了一勺，根本无法下咽。

后来我问祖父为什么逼自己吃这种东西。

"我吃是为了活着，而活着不仅是为了吃。"他笑着说。

我一直说祖父并不是完人，他可能生活得过于简朴了。但他的生活方式启示我们，如果我们过得简朴些，少一些浪费，其他人可能就有生存的机会。

祖父相信个人转变的力量。有时这需要巨大的努力，但有时只需别人推你一把。他认为小的行动日积月累，便能够产生大的影响。与往常一样，他没有讲大道理，而是让我从他的榜样和故事中学习。

某天晚上，我们坐在纺纱车旁，祖父又给我讲了个故事。一个潦倒的青年独自住在小公寓楼里。这人从不打扫卫生，也不做家务，任由房间积满灰尘。"厨房的水槽里堆满了脏碗，"祖父说，"不只是堆满了，都堆到天花板了！"青年知道自己的住处就跟猪圈一样，但他以为只要不请任何人过来，就没人会发现。

某日他在公司对一个姑娘一见钟情。后来，他带她去约会，却从没回过公寓。他们在公园里散步，在小河边聊天。有一次，姑娘摘下一朵路边的玫瑰，送给了青年。

这是爱的礼物，即使是这样一个靠酒精度日的人也懂得要把这朵花体面地摆放好。青年把花带回家，里里外外翻遍了，才找到一个像样的花瓶。他把花瓶擦得光亮，装上干净的水，这才把玫瑰插进去。现在他得找个好地方放花瓶，于是他又清理了餐厅的桌子。装着玫瑰的花瓶摆在餐桌上很是可爱。但他又想，如果整个房间都干干净净，那不是更好。于是，他又洗了碗。一项清洁任务带动了另一项清洁任务，最后整座房子都被打扫得干干净净，焕然一新。他只想让身边的一切和这朵玫瑰一样美好。寄托着姑娘爱意的玫瑰，最终彻底改变了青年的生活。

　　虽然那时少不更事，我竟然被故事打动了。我们都不完美，但一个简单温柔的动作或许就能让我们感到包容和接纳的力量，鼓励我们追求更好的自己。坐在纺车旁，我暗下决心，只要有人爱我，我一定让自己配得上她的爱（当然也会为了她打扫房间）。

　　祖父不是一个浪漫的人，但他相信爱的力量。他讲这故事还有另一个原因。他想让我们所有人都成为那一朵玫瑰。我们都可以给他人的生活带去一丝光亮和一点希望，让他们重拾信心，继续向前。有了爱、希望和真理的榜样，黑暗与污秽便原形毕露，无地自容。一旦人们看清了这一点，就能看到未来的无限可能。他们可以选择与黑暗和肮脏为伍，或者给花瓶再添一朵玫瑰。善良和美好总会让人见贤思齐。

　　这个故事还告诉我们，懒汉其实不用别人指指点点，也能过上干净清爽的生活。他其实不需要别人告诉他那样做不对，他自己早就明白。他只是需要一个榜样、一点激励来让他乐于完成这些琐事。倘若那位姑娘不是送他玫瑰，反而抱怨他的陋习，青年或许永远都不

会改。我们总是更积极地回应正面的激励，而非负面的
打击。言辞激烈地指出同事、朋友或家人的失败或者落
后之处，不仅不能帮到他们，可能还会适得其反。人受
到攻击不但戒备心会增强，还会变得更加反叛，而表扬
和欣赏却能导人向善。

　　祖父的慷慨和善良给很多人树立了正面的榜样，这
为印度的变化做出的贡献并不比他说的和写的东西少。
积极的精神是我们能够给自己和他人最好的礼物。心理
学家发现，当我们表达爱、感激和慷慨等积极情绪时，
我们的身心健康都有显著提高，甚至这样做还可以降低
血压、缓解压力、改善睡眠。祖父的非暴力手段给了人
们有效而乐观的方法，让他们走出绝望，继续前进。

*

　　人们总以为祖父坚守自己的原则，为了正义甘愿以
一敌百。但一些聪明的历史学家发现，祖父其实同样擅
长协商。他最重要的技能就是同理心，他会主动地从对

方的角度考虑问题。祖父最初与英国政府商谈，总是表现得很谦和。但最后他意识到和谈并不能解决问题时，他便改变了策略。"食盐进军"就是他发起的和平运动。在此之前，渴望自由和独立的印度国民怒不可遏，举国上下频发暴力冲突。通过"食盐进军"，祖父为他们创造了和平表达不满、争取改变的机会。非暴力鼓励人们发扬善意和希望，而不是诉诸苦难和愤怒。祖父沉稳的神态和自信的笑容提醒着人们，寻找和平解决的机会好过在绝望中痛苦挣扎。

　　"食盐进军"发起几年后，英国议会通过了《印度政府法案》，这是三亿印度人民获得自治的第一步。这是祖父获得的重大胜利，但他想要确保人们看到最根本的爱和非暴力。他的目标并非简单地改朝换代。他发起的"灵魂之力"运动早已超越了国家和政治的范畴。当时，一位反对祖父立场的记者描写过将要从英国官员手中接管印度的印度官员们，他发现这些人其实同英国官员一样傲慢无礼。但他却看见祖父脸上写满了"纯洁和善意"，"两眼闪烁着微光"。尽管他与祖父意见相左，他却为祖父所折服。

祖父眼中的微光来自于他内心的爱、善意和正能量。他的非暴力运动名字为"灵魂之力"。只有积极的精神和有爱的灵魂才能赋予我们的行动以力量。祖父发起的运动从来都不是绝对专制的。他想要说服英国人改变立场，但他还想给整个世界带去理解和信念之光。

政府和宗教以威慑制人。信众因为害怕触怒上帝而被打入地狱，便任凭差遣。宗教圈内的人士还会因为外人不接受其宗教的观点和要求而产生偏见和隔阂。政府则以更直接的手段震慑国民，比如罚款和囚禁。甚至家长和老师也会用类似的方法管理孩子。

祖父认为，我们要用爱打动世界，而不是用恐惧控制世界。他向世人展示了爱、善良和乐观，所以人们都愿意跟随他的脚步。

> 用爱打动世界，而不是用恐惧控制世界。

　　祖父想让世人看到非暴力的具体要求，非暴力远远不止避免肢体冲突这么简单。祖父始终坚持非暴力的五条法则：

尊重

理解

接纳

赏识

怜悯

　　有人说，祖父的愿景简直是乌托邦，不可能在真实的世界发生。但恰恰相反，这些所谓的法则其实都是文明社会的基本要素，我们若执意忽略，只会害了自己。

尊重、理解、接纳、赏识、怜悯。

尊重和理解他人而无关他们的宗教信仰、种族、阶级或者国籍，这是人类得以前进的唯一方式。竖起高墙搞分裂最终都会作茧自缚，导致愤怒、反叛和暴力。相反，如果我们相互尊重和理解，我们就能接纳彼此。接受他人观点和立场能够让我们变得强大，能够给予我们智慧。

非暴力的另外两条法则——赏识和怜悯——能够创造个人幸福和成功，帮助达到世界的大和谐。欣赏自己所处的世界能在我们心底激起共鸣，从深层次改变我们的生活。最幸福的人并非是那些最富有的人，而是那些懂得欣赏人生的美和善的发现者。找到原因并抱怨和批评很简单，但我们何不把眼光投向那些美好的事物，从而收获更多喜乐呢？

在祖父眼里，世界是美好的，每个人都是美好的。有时候我去印度，那里的孩子和家庭几乎一无所有，但他们仍然欣赏生活的美好，感激拥有的一切，甚至超过了很多美国人。有时我们失去了感激，是因为我们被太多东西湮没。我们的人生好像是一顿不限量的自助餐，于是一个苹果在我们眼里根本不算什么。我们不可能过祖父那种简朴生活，但我们至少可以以之为榜样，时时提醒自己——有时候，少才是多——少点欲望，少点干扰，我们就会多点赏识、多点感激、多点幸福。

如果你没有感激生活的习惯，或许可以简单地学习一下如何做。在一天里时不时地停下来几分钟，看一眼日出，嗅一朵鲜花，听孩子的笑声。跳出你的生活，想想有多少人想要成为你现在的样子。列一张表，写下家人和朋友身上的可贵品质。把表放进抽屉，时不时地拿出来看看，提醒自己感激来自于内心，而不是外物。

我们总是过分追求人生的缺失，忽略当下的美好。但其实我们不需要借助任何宗教也可以欣赏世界的奇妙和奥秘。欣赏生活，感激生命，我们眼中的世界就会变得大不一样。

我们喜欢与那些比我们富足的人攀比。而欣赏和感激自己的生活则能激起我们对贫苦人群的同情和怜悯。怜悯远不止一张给当地慈善机构的支票。发自内心的怜悯能让我们想办法帮助对方独立。当我们心怀怜悯之情与人相处时，我们会给予对方尊重，会平等地对待他们。

一旦你理解他人，接受他们进入你的生活，非暴力的五法则便至关重要——小到个人幸福，大到世界和平。尊重、理解、接纳、赏识和怜悯——如果我们都能奉行这五条法则，必定能感受和传递无限的幸福。

*

祖父总能在最出人意料的情况下传播他的理念。在我去静修院的几年前，祖父去伦敦参加会议，商谈印度的未来。同过去一样，他穿着土布服装就去了。他代表着印度人民，而印度人民都过着赤贫的生活，衣着便是最好的见证。英国的官员很尊重他，安排他到伦敦一处高档的地界下榻，还给他配备了国家元首级别的安保人员。但祖父拒绝了，他说："让我和纺织厂工人住在一起，就当是他们的客人。"

英国官员彻底傻眼了。祖父一直提倡印度在棉花种植和纺织业方面自给自足，这给英国的纺织业造成了巨大的冲击。印度人自己织布，英国的公司就赚不了进出口的差价，英国工人的薪水就会降低。祖父的行为招致了他们的不满。

"如果你跟纺织厂工人住在一起，他们会杀了你。他们已经愤怒到了极点，你若去了恐怕会有生命危险。"那官员警告说。

"就是因为这样我才要去，我要跟他们解释清楚印度人民的诉求。"祖父平静地说道。

英国人勉强地同意了祖父的请求，送他去见了纺织厂的工人。祖父以尊重和理解的态度接近他们。他向他们解释印度的贫穷落后，而织布能够让人民维持生计、养家糊口。他也不忘表达对英国工人所面临的困境的同情，他知道他们也想尽可能让家人过上好日子。但他还是希望英国工人能先帮助印度人民脱贫。英国的纺织工人不仅听得很认真，听完之后也接受了祖父。甚至很多人成了他的追随者，此后一直支持他。

正在气头上的人很难换位思考或是改变看法，更别说支持原先他们反对的人了。但祖父倾听了他们的声音，理解了他们的困境，因此消解了他们的愤怒，传达了自己的观点。祖父让他们看见更大的图景——并非一己的需求，而是天下的难处。

"精神之力"运动中的非暴力本质是反馈的，而非主动的。在面临歧视或偏见等社会不公时，人们集结到一起揭露错误之处。他们的行动是对问题的反馈，他们通过被动的精神上的抵抗来试图改变问题。除了祖父，马丁·路德·金和纳尔逊·曼德拉等众多人权领袖也采取了类似的方法。他们提倡用非暴力的反对来抗议压迫和剥削。但祖父也相信主动的非暴力的力量，这就意味着人们要在有效行动发生前做好必要的铺垫。如果你提前播下理解和同情的种子，它们就能长成参天大树，就能保护树下的人在下雨时，在不公降临时，不至于被淋湿。所以祖父在纺织工人心中培养理智和同情其实是一种主动的非暴力。他未雨绸缪，率先播下了理解的种子。没有这个先决条件，工人们说不定就真的会爆发，然后打压和摧毁印度的工业，从而帮助自己脱贫。但他们没有那么做，他们选择跟祖父站在一起。

*

　　祖父只在乎他一生的事业，只想把公正传播到世界的每一个角落，以至于他常常忘了生活应有的轻松和乐趣。还好有我祖母在他身边提醒他。祖母并不识字，但祖父尊重她的智慧。她有时候会挑战他，他也很乐意倾听。祖父不会因为祖母是自己人就区别对待，他对所有在静修院生活的人都一视同仁。我第一次去静修院时还很小，祖母经常会做花生糖，背着祖父偷偷地分给我们吃。尽管我对祖父忠心耿耿，但偶尔吃块花生糖也不碍事。祖母从袋里拿出糖，脸上露出狡黠的笑容，这甜蜜的一刻只属于我们。祖父当然知道祖母的私心，但他从来都不想拆穿她。

　　整个印度都知道祖父的生日是十月二日，但他拒绝在静修院举办任何庆祝活动。他只想跟常人一样，过平凡简单的日子。有一群妇女给他写信，说想要到静修院参加他的生日午餐。他回信说，静修院不会为他庆生，也没钱给她们准备食物。但这些妇女并没有因此放弃，她们在祖父生日当天来到了静修院，就为了能够离他近点。午饭时间，静修院的人们齐聚餐厅，祖母却看见外面树下坐着一群妇女。更奇怪的是，她们竟然拿出自己准备的午饭吃了起来。

祖母走过去问她们："你们怎么坐在这里，为什么不跟我们一起吃饭？"

"甘地说静修院没钱给我们准备饭菜，而且他也没兴趣庆生。"她们当中的一个人说道。

"啊！这老头子根本不知道，有时候生活是用来享受的！"祖母喊着，"现在我代表他邀请你们共进午餐。"

祖父一直很欢迎祖母的观点。他鼓励所有妇女走出厨房，加入争取印度自由独立的行列。"只要还有一半的人口没有得到解放，政治自由就是空谈。"

这一声为妇女解放的呐喊比任何口号都响亮。在祖父的孩提时代，他的母亲普特丽芭被家庭生活限制，时时压抑着自己的好奇心。祖父的父亲是印度大城市的理事，普特丽芭肯定也想参与讨论，与那些经常来家里的宗教和政治领袖交换意见。但在十九世纪六十年代中期的印度，妇女根本没有地位，几乎跟孝顺的孩子一样是"隐形人"。男人在谈论天下大事时，她不能在场打扰。于是她便默不作声地坐在边厅，努力听清谈话的内容，希望从中学到点什么。

祖父在祈祷或者集会讲话时，总会提醒在座的男性，不要压迫妻子，妻子不是他们的奴隶。他也会提醒在座的女性，不要听信女人软弱或者需要被保护的说法。很多时候，被压迫者总会把压迫者强加给他们的负面形象内化为自己的精神负担。祖父鼓励妇女挣脱狭隘的思想，站到男人的面前。"没人能够解放你们，除了你们自己。"

祖父坚持男性需要"打破落后的枷锁，学会平等地对待和尊重女性"。虽然他也会认为男性在体力上更强大，女性在精神上更强大，但他对妇女投身公共生活的号召应该说是相当进步了。很多政治领导告诉祖父，为妇女和底层人民争取平等权利纯粹是个干扰，应该放到印度独立之后。但祖父坚信，任何形式的压迫都不能被容忍，妇女和底层人民的解放刻不容缓。

　　不幸的是，现实并没有如祖父所愿。如今许多国家的女性拥有我的祖母和曾祖母梦想不到的机会，但仍有一些宗教和文化下的女性依旧面临着普特丽芭那个年代的困境。还有太多女性在如今的开放社会中不敢迈出那一步，没有勇气挣脱老旧观念的束缚，限制了自己的前途。

　　祖父说得没错，获得解放永远是由内而外的过程。

第十课

宽恕需要勇气

我与祖父在塞瓦格兰姆度过的两年，是他生命中的关键时期，也是世界历史的转折点。当时的印度即将从英国独立出来，呈现出"山雨欲来风满楼"的政治气象。然而，祖父的希望频频受挫，各宗教和阶级和谐共存的统一国家迟迟无法形成。十年前曾有人提出让印度北部的一些省份划分出去成为一个独立的国家。这个国家就是后来的巴基斯坦，意思是"纯洁之地"。但祖父坚决反对分裂。

穆罕默德·阿里·真纳是当时分裂运动的头领。与祖父一样，他最初也在伦敦当律师，可他总是表现出一副傲人的姿态。祖父是他的死对头。在独立即将成功时，祖父向英国在印度的最后一任总督蒙巴顿阁下提议，让真纳担任印度总理。此言一出，举国哗然。而祖父却认为这是唯一可以维护国家统一的办法。

祖父的提议相当不可思议。美国的政客总是想尽办法掌权，他们可以为了权力阻止立法、阻碍最高法院的任命，甚至不惜关掉政府来满足自己的虚荣心，充实自己的腰包。然而，国家利益大过一切个人情感和欲望。

蒙巴顿阁下后来说，他被祖父的提议惊得不知所措。但那时并不适合采取这样的理想行动。印度需要一个稳健的方案才能发展。后来尼赫鲁上台，而真纳成为巴基斯坦的首脑。祖父觉得没有真正进入复杂的协商中，于是到国家的另一个地方，阻止印度教和伊斯兰教之间的冲突。

一九四七年六月三日，协商进入尾声，协议最终达成：印度正式从英国的统治下独立，但已分裂为两个国家。分裂加剧了印度教和伊斯兰教激进分子之间的冲突。眼看八月十五日即将到来，印度独立本是欢歌庆祝的日子，但祖父的心却揪成一团。混乱正在逐渐滋生。最终，分裂将会导致一千五百万人为逃离教派冲突而远走他乡——世界历史上最大规模的人口迁徙。

八月初，祖父计划前往国内其他地区，阻止暴力和杀戮。从加尔各答到德里，人们害怕冲突继续升级。我想陪着祖父一起去，但这一次，祖父没有同意。"那种地方年轻人去不得。"他说。

于是我留了下来。祖父所到的城市，暴乱肆虐，当地人民惶惶不可终日，时刻面临着妻离子散、家破人亡的悲剧。愤怒以各种形式集中爆发。祖父坐火车到加尔各答，当地官员考虑到形势严峻，难以管制，央求祖父等到独立日再走。祖父答应了，但前提条件是他得和穆斯林联盟的首席部长苏拉瓦底住在同一屋檐下。

"厄运下的敌人也能成为床伴。"他说。但这并非玩笑话，而是祖父的策略。倘若世上最有名的印度教信徒与当地最重要的伊斯兰教领导能够握手言和，那么街头的暴民何需陷自己于暴力血腥的泥淖？于是他们找到一座被洗劫一空的房子，房子周围也因种族争斗被夷为平地。起初祖父被愤怒的暴民包围，他以为自己恐怕过不了这一关。但他与苏拉瓦底平心静气的谈话竟产生奇效。

八月十五日，加尔各答没有再流血，人们走上街头高呼"印度教徒和穆斯林是兄弟"，向祖父抛洒玫瑰花瓣。蒙巴顿阁下恭喜祖父凭一己之力创造了"加尔各答奇迹"，是他给军队寸步难行的沙漠带去和平的绿洲。在混乱和流血中间，非暴力异军突起，稳住大局。

与此同时，在德里，新任总理第一次举起独立印度的国旗。

"我国今日之成就全有赖于尊敬的甘地。"他对欢呼的民众讲道。

那天，我与家人在孟买。成千上万的人在街头游行，欢呼雀跃。但出于对祖父的尊重，我们一家人没有加入游行的队伍。祖父说："没有任何理由值得高兴。"

孩子们都跑着跳着出去凑热闹，而我被夹在周遭的喜悦和祖父的悲哀之间。祖父反对分裂的请求没有得到回应，他的同事为了权力纷纷弃他而去。分裂是对他一切努力的否定和抵消，分裂只会导致分歧和矛盾，而且很快就掀起了一场史无前例的腥风血雨。

接下去的日子里，祖父走遍了所有乡村，恳求人们理智行事、维护和平。可他无法阻止四处闲游的匪徒继续屠戮生灵。难民四处逃窜。在一个镇上，走路逃难的人绵延了整整八十千米。祖父来到德里，尽可能保持着镇静，但暴力如疾风骤雨般袭来，连蒙巴顿阁下的宅内都有人无辜罹难。国内的骚乱和暴动都是非暴力被人遗忘、"灵魂之力"无处发挥作用的结果。

*

　　印度局势动荡不安，父母决定带着我们回南非。那时从印度坐船去南非要整整二十一天，有时甚至更久。我们能坐的最早一班轮船在十一月初出发。也就是说，还有三个月的时间。

　　父亲给祖父写信，将我们的计划告诉他，祖父寄回来他的祝福。信中，他还特别嘱咐我，"亚伦，别忘了我教给你的一切。望你成年后继续为和平奋斗。"

　　　　　望你成年后继续为和平奋斗。

这两年，祖父教会我太多太多。祖父的鼓励让我感到自豪。

但我没想到，这竟会成为他留给我的遗言。

*

和祖父度过的两年，是祖父积极改变印度的两年，也是祖父改变我的两年。我不再轻易动怒，即使内心有郁结也会妥善处之。我愿意成为世上那一点积极的星火。我理解了非暴力的细枝末节。我想要投身到反抗偏见和歧视的斗争中去，消除不公，杜绝暴力。

回家之路漫漫，但比来时的旅程轻松。回忆起从沃尔塔火车站走到塞瓦格兰姆那天，我笑了。如今我将离开这里，自己似乎还是两年前那个孩子，急于向自己和别人证明很多东西。但我不会再轻易地被自负冲昏头脑，而是学着保持谦卑之心。证明自己靠的是内心的觉悟和实际的行动，而不是一句空话。

*

回到南非后，父母说菲尼克斯静修院附近开了一所专门接收印度学生的学校。我再也不用去可怕的修道院学校，再也不用忍受修女的苛责。妹妹艾拉和我也不用每天走那么多路进城上学。一切似乎都在变好，但回到南非的我总感觉不太自在。两年过去了，我已经不再是原来那个我。菲尼克斯静修院的家比塞瓦格兰姆舒适安逸许多，伙食也有所改善。可我的心，一直与祖父同在。我不止一次想回到印度，回到塞瓦格兰姆的土坯房，回到祖父身边。

但重聚只能是幻想。一九四八年一月三十日，我离开祖父才两个月，意外发生了。

那天，艾拉和我放学回家。农民在地里耕作，泥路上有卡车开过留下的两道轨迹，我们沿着轨迹走着。天很热，细长的甘蔗遮住了视线。还没走多远，艾拉突然说走不动了。她叹了口气，一屁股坐在地上。"我不走了。你背我。"

放在以前，我可能就硬拽着她走了，气她的幼稚不懂事（她比我小六岁）。但现在，我理解她，也尊重她。

"我不会背你的，只好留你一个人在这里坐着了。"我平静地说道。

我当然不会真的走了，只是站在路边，等着。也就是在那时，菲尼克斯静修院的一个老人急匆匆地向我们跑来。他几乎从来不离开静修院半步，看到他来，我很惊讶。我也不知道他要去哪里。过了好一会儿，我才反应过来，他好像是来找我们的。

他离我们越来越近，突然十万火急地喊道："亚伦，快回家去。你母亲在等你。艾拉交给我。"

"我们正往家里去，这么急做什么？"我问他。

"赶快。跑回去。别问这么多。你母亲在等你。"

我感到事情不妙，飞奔着回到家，看到母亲正在接电话，可她已经泣不成声。我走进门，她刚挂电话，很快电话又响了。她拿起话筒，却说不出任何话来。

电话没有断过，母亲脸上的泪水也没有断过。趁着电话之间的空当，她艰难地告诉我刚刚得到的消息。

我亲爱的祖父被人谋害了。

"我们再也见不到他了。"母亲哭着说。

我怔在原地，一动不动。我问父亲去了哪里。

"他清早就去镇上开会，我根本联系不到他。"

母亲说不出话，也说不上话。电话一个接着一个，得知噩耗的人们表达着恐惧和悲伤。一片嘈杂声中，我再也忍不住难过的泪水。过去两年的画面在我脑中闪现。纺车旁的祖父，挂在我肩膀上荡秋千的祖父，逗他笑时轻抚我脸颊的祖父，走了。

"怎么会有人下这种毒手？"我问母亲。

过去确实有很多印度教的右翼分子想要暗杀祖父，他们觉得祖父出卖了他们。但祖父都躲了过去。没人能伤得了祖父。

父亲很快到了家，面色苍白，强忍泪水。听说消息的那一刻，他已经开完会了，正在集市上买水果。摊贩主动提出开车送他回家，但父亲没有倒下。他收拾好自己，回到家，抱着母亲，唤我们过去。

家里人越来越多，无数嘈杂的声音却问着同样一个问题:"这是真的吗?"

父亲想联系他远在印度的弟弟,想要获取更多信息,但电话过了好久才接通。我们住的地方电信还不发达,一个电话经常要通过一群接线员才能打通。电话打通了,信号却不好,不过父亲还是告诉了那边,我们想过去参加祖父的葬礼。叔叔却说,来不及了。祖父在傍晚五点十六分遇害,短短几小时内就有将近一百万人来到德里。政府方面担心,如果葬礼推迟,半个印度人都会齐聚德里,到时恐怕不好管理。叔叔只能答应把葬礼提前到次日下午。而我们只好在八千公里之外与祖父告别。

第二天,我和父母一起守着吱吱呀呀的收音机,努力听着葬礼的进程。祖父遇害前一直待在伯拉家,那里曾经也是我们爷俩待过的地方。那天,他"挂着"自己的两个侄孙女,信步走入花园,准备领导一场祈祷仪式。人群在他两旁散开,而就在这时,一个男人朝他冲过来,一把推开了祖父身边的女人——过去两年他身边的人一直是我。他对着祖父开了三枪。

各国领导都想参加葬礼,可他们和我们一样,都来不及赶过去。教皇、杜鲁门总统和乔治四世国王都送去了吊唁信。来自不同宗教、阶级和种族的一百五十万名印度民众加入了送行的队伍，还有一百五十万人站在城市的高地目送祖父远去。那一天，整个印度都安静了，就连暴力也为甘地默哀。似乎一夜之间，人们的思想都变了。噩耗传来那一刻，疯狂的杀戮戛然而止——和平，统一，祖父的梦想总算成真了。

但听着广播、距离印度千里之外的我却不得安宁。我努力想象当时的场景，可震惊和悲伤很快转化为怒火在我胸中燃烧。我再也听不下去了。

"如果当时我在伯拉家里，我一定让凶手碎尸万段！"我怒吼道。

父亲擦干眼泪，郑重其事地问我："你忘了祖父怎么教你的吗？"他很悲痛，但声音里却满是同情。父亲像祖父那样把我拉到身边，"他不是说过理智对待愤怒吗？你现在最好应该怎么做呢？"

我思考了一分钟，深吸一口气，说道："像祖父那样阻止暴力发生。"

父亲点了点头。"这样才对。永远不要忘了他的教诲。我们能为他做的就是把他的使命传承下去，用自己的一生实现他的理想，防止悲剧重演。"

父亲知道我需要找个地方释放自己的情绪，因为积极的行动能抵消消极的思想。我们决定举行自己的纪念仪式，来帮助我们自己走出悲伤，也让南非的哀悼者获得解脱。父亲提议发行一期《印度观点》特别纪念刊。《印度观点》是一本由祖父创立、后由父亲接手的周刊。我们邀请社会各界人士与我们分享关于祖父的记忆和影像，我们回顾了祖父的一生。短短一个月的时间，我们就编成了厚达百页的纪念刊，拿到传统的出版社付梓。办刊凝聚了众人的爱和温暖，并把我们的注意力从悲痛和愤怒中转移出来。

我自豪地看着我们一手打造的纪念刊，翻看了一遍又一遍，脑海里全是祖父的样子。但我还是做不到不去想凶杀发生时的场景，总觉得要是在他身边的人是我该多好。或许我就能阻止凶手呢？

一天我对父母说："我想杀了那个凶手。"

　　母亲很无奈。她知道我的想法，但她也明白祖父肯定不希望我们这么做。"你祖父一定会让你原谅那个人的。"她平静地说道。

　　这话不错，祖父对那个人除了原谅，还是原谅。而我却一心想报仇，尽管报仇从来都不是正道。报仇的欲望会蚕食你的心灵，让你不得安宁，惶惶度日。如此一来，凶手就不是只伤害你一次了，他会跟你一生，痛苦的阴霾也会挥之不去。我不能那样做，我也不能让祖父失望。

　　祖父教过我，非暴力并非消极处事或者懦弱逃避，必要时也须采取手段夺下对方手中的武器，保护家人和朋友的安全。倘若那天祖父"拄着"的是我，我肯定会尽全力制服凶手，而不是落荒而逃。可那天我不在那里。而现在悲剧已经发生，我们面临的问题是如何应对。

　　祖父曾说："宽恕比惩罚更需要勇气。"

　　　　　　　宽恕比惩罚更需要勇气。

当考验来临，暴力和愤怒并不能展现我们的力量，唯有善良的行动可以抵消恶行。祖父去世后，印度以片刻的和平向他致哀。面对滔天罪恶，或许我也该息事宁人。祖父曾说："爱一个爱你的人容易，但难的是去爱一个恨你的人。"

"我知道博爱有多困难，"他说，"可伟大的善行从无易事。以德报怨，最是艰难。然而，世上无难事，只怕有心人。"

> 我知道博爱有多困难，可伟大的善行从无易事。以德报怨，最是艰难。然而，世上无难事，只怕有心人。

祖父说得对，宽恕不易。但为了他，也为了我自己，我别无他选。这是我对祖父、对那两年最后的致敬。我又忆起祖父常说，仇恨和报复只会蒙蔽我们的双眼。所谓的公正绝不是以牙还牙、以血还血。悲剧的发生不该促成悲剧的重演和人伦的堕落，而应警示我们善待彼此，珍惜世界。

祖父离世后的多年，我一直都在传播他仁慈的宽恕，他对人性的希望，以及他非暴力的博爱。

*

不幸的是，悲剧尚难避免。美国的谋杀案从未止息，每一场悲剧对受害者家人和朋友的打击折磨都不比我那天坐在收音机旁感受到的轻微。

多年以来，我反复思考如何处理如斯罪行，却始终找不到满意的答案。一九九九年，科罗拉多州克伦邦中学的十多名学生惨遭枪杀，这在当时是美国历史上最严重的枪击案件。当地的一个朋友让我给幸存者说一两句话。但每个人眼里都是愤怒，一心只想报仇。与他们见面前，朋友问我准备说些什么。我回答："我会让他们宽恕凶手，节哀顺变。"

"如果你真那样说，那他们一定把你赶出去，"他警告我说，"他们现在根本听不进去。"

然而，我还是站到了人群面前，发表了关于非暴力的演讲，分享了自己宽恕凶手的故事。我理解他们此刻的悲痛，我曾经也经历过。我劝他们放下仇恨，重拾希望和爱，这是走向更好明天唯一的路。最后，我没被赶出去，人们反而纷纷起立鼓掌。

在二〇一四年，我又一次面对着一群哀悼者发表演讲。密苏里州的白人警察弗格森，射杀了一名十八岁的黑人男子，因而被指控种族歧视。一大群人集结起来表达抗议，大声地读出那年死在弗格森警察枪下的一百一十个人的姓名。愤怒的情绪高涨，发声的人们要求白人群体承认长久以来对黑人族裔的歧视。

所有人都伸手指着罪犯，而我突然想起母亲的话："当你伸出一个手指指着别人时，你还有三个手指指着自己。"我们不能只看到别人的过错，我们更应该反思如何改善糟糕的局面。

轮到我说话时，我想着祖父，准备疏导和化解人们的愤怒。我想治愈他们，可他们必须先放下仇恨，才能自愈。"偏见存在于我们每一个人，无论我们是何肤色或者种族，"我说，"除非我们能看清自己的弱点，不然我们永远无法改变。当我们面临挑战，只有爱和善良能够改变世界，仇恨与刻薄纯粹是徒劳。"

不要等着改变发生，要成为你想看见的改变。人们纷纷点头表示赞同。祖父的理念让这些深陷悲伤、无法自拔的人们逐渐走出困境，也再一次让我相信超越一切差异的人心之善。

无论好的时代，还是坏的年月，祖父的教训总能启迪我们，导人向善，如希望的灯塔驱散前路的黑暗。

我们想改变世界，或许该先改变自己。

我们盼世界和平，不妨先与自己和解。

与偏见斗争到底

　　杀害祖父的凶手是一个印度教的右翼分子。祖父提倡消除社会阶级，达到人人平等。这让凶手接受不了，暴跳如雷。跟凶手一伙的人在祖父死后还不依不饶，坏他名声。他们无视所有宗教中都有的善，抵制对各个宗教一视同仁。"所有宗教殊途同归，"祖父说，"既然目的地相同，选取不同的路径前往又有何妨？"

　　祖父追寻的是本原的真理，鼓励人们阅读所有教派的经书，找到其中的积极之处。心胸狭隘之人固执己见，通过贬低他人来抬高自己。他们更怕受到视野宽广之人的挑战。如此懦弱无能可称不上所谓的信仰。

　　在谈到祖父时，爱因斯坦说："未来的人们将很难相信，这样一个伟大的智者曾经到过这个星球。"美国国务卿乔治·马歇尔称他为"全人类良知的代言人"。还有评论者说，祖父用自己的一生证明，谦卑和真理比任何王国都更为强大。祖父没有任何头衔，没有一分钱存款，也没有任何公职。他没有统帅一支军队，没有统领一个王国，也没有发现相对论。但他却说出了深埋我们心底的真相。这就是为何他一直被人景仰。

在塞瓦格兰姆度过的那段日子里，祖父让我把自己的缺点和陋习列成一张清单。这样做并非为了指责我，而是督促我改正。只有先意识到缺点才能改正。我们的目标是每天都比昨天更好一点。一旦你开始提升自我，前进的动力就像滚雪球一样越来越大，成为我们一生的追求。祖父教育我，我的目的是对世界产生正面积极的影响，而我始终有意识地那样去做了。

刚搬到美国时，我想跟一群大学生分享祖父的理念。但我没有博士学位，大学不允许我去教课。祖父则从不会受这些繁文缛节的羁绊，他总能找到自己的办法。于是我以祖父的名义创立了一所非暴力学院，开始开展工作和讲座。尽管只有我一人帮助学员更好地理解公正，解决冲突，但祖父的理念在教学过程中十分受用，在不同人之间架起了沟通的桥梁。

二十世纪九十年代早期，洛杉矶的民众对警察的残暴和种族不公忍无可忍，暴乱频发。当时我还住在孟菲斯，那里也发生了类似的事件，民众也处在爆发的边缘。社区里的人让我出面平息愤怒，缓解紧张局势。我并不确定该如何处理。我没有祖父的号召力和说服力。但我知道，每次他找不到答案时都会组织祈祷仪式，邀请大家与他一同寻找答案。

孟菲斯事件终于在一个周四激起民愤，于是我决定在周六举办一次跨宗教的祈祷仪式。我向大学的董事会透露了想法，告诉他们非暴力学院的位置，但他们说准备这样一场集会要花至少两周时间。我说，如果你家房子现在着火了，你想找水灭火应该不会等两周那么久。

于是我集结了一帮同事，我们自己单独给孟菲斯的宗教人士打电话，邀请他们前来，提供五分钟的和谐祈祷仪式。无论他们在自己教派内多么伟大或者重要，每个人都只有五分钟时间。

那个周日，超过六百人来到我们选定的足球场上。更好的是，这只是足球场，不是基督教徒或者伊斯兰教庙宇或者犹太教堂——这不是任何一个教派的"主场"，所有人都是平等而互尊互爱的。超过三十个宗教团体前来进行五分钟的和平祷告。那天，一股神奇的联结、友谊和理解的氛围在场上弥散开来。过去觉得彼此毫无共通的人们此刻纷纷相拥而笑。这种美好的气氛久久不散，平静持续了好几个星期。很多人说，是这场祈祷仪式帮助孟菲斯幸免于难。

当我们向别人敞开心扉时，和平与希望便能绽放。团结在一起的我们超越了任何单独的存在。我在静修院时，祖父坚持要我们把眼光放到近亲之外，接纳全人类为家人。于是，你会为了兄弟姐妹的困难出手相助，你也能用同样的方式帮到邻居和陌生人。起初，我很困惑，祖父竟然连我都没有区别对待。我毕竟是他的孙子——这难道不比一般人都特殊吗？但后来我才明白背后更大的意义：我们太多人花时间、精力保护自己那一方世界，却忘了在相互联系的社会，我们与所有人都休戚与共。

当你选择用更广的视野去看人与人之间的共性而非差异时，你就给了自己，也给了世界一份难得的礼物。只有我们周围的世界生存下去，我们才能繁荣。反之，富人更富，穷人只会更穷。如果你也是富人的一员，这可能对你来说并无大碍。但如果我们一直对贫富差距视而不见，矛盾分歧就会接踵而至。而我们也会以其他方式伤害到自己的利益。亚洲、非洲和拉丁美洲的贫穷人口没钱购买燃气，为了做饭和供暖，他们只好砍掉大片的森林。在这个过程中，全球的环境遭到破坏。我们相互联结，休戚与共。当全球百分之二十的人口掌握着世界的资源，维持着自己的财富，而剩余百分之八十的人口为了生存摸爬滚打时，灾难注定会来临。

美国人犯了一个很致命的错误，他们以为围起高墙，隔绝他人，就能保护自己的利益。他们以为军事力量能够获得最终胜利，所以花了百分之六十的联邦预算购买大规模杀伤武器。他们造的武器远远超出自己所需，于是把武器远销到世界各地。美国一直都以军事大国的面目示人，但现在它同样要展现自己道德的一面，要做对世界有益之事，而非一心为己谋私。

"9·11"事件发生后，美国炸了伊拉克，最终导致中东乱成一团。而当美国觉得伊拉克与"9·11"事件并无关系，又派兵攻打所谓的"恐怖分子"。这样的战争已经持续多年，而且没有任何停止的迹象。世界没能平静下来，反而更加暴动，更加危险。恐怖分子流窜到了巴黎，到了布鲁塞尔，遍布了中东大地。

人们总会问：甘地会怎样对付恐怖主义？祖父肯定会推崇以同情而非贪婪为基础的外交政策。我们与世界只有在互相尊重、理解和接受中维持平和友好的关系。"9·11"事件发生时，他会让美国人反思仇恨和失望的源头在哪里，又是何种仇恨能让这些人以这样极端的方式攻击他们。"慢着！"有的美国人会说，"做错事情的人不是我们。我们才是受害者。"这当然没错，可我们要任由仇恨在世间滋生吗！如果是祖父，他定会向那些对美国不满的民族和团体伸出友谊之手，争取改善与他们的关系。他曾说："暴力换不来和平。"谦卑能够治愈伤口，而傲慢只会恶化伤情。

如今的世界，许多领导人致力于敛财，而疏于国民生计，祖父见了定会喟然而叹。他坚信当权者必须尽其所能为民谋福利。但他知道现实并非如此。他说："真正的权力来自于真诚的服务，只为掌权而不做人民公仆的人并无实权。"现在政府里很多人只是为了赢得选举，发展自己的前途。他们为达目的不择手段，哪怕行为诱发仇恨和偏见也在所不惜。他们根本不在乎，他们的自私行径正在侵蚀自己需要服务的政府和民主。

我们究竟该如何面对这些不公和暴怒？首先，我们得真正看见它们。我又想起一八九五年的南非，一个白人因为不想跟一个肤色更深的人共享一个车厢便将他扔下火车。那是祖父第一次因为偏见而受苦。他自然无法相信，而当他把这段经历告诉其他印度人时，他们竟然满不在乎。既然那个白人不想让你待在头等车厢，那你换个车厢不就好了？"可那样不公平，"祖父重申道，"我们不能如此坦然地接受不公。"

这样无动于衷的回应也让祖父意识到，"压迫我们最深的还是我们自己。"我们再看不见自己所受的冤屈和苦痛。我们只想苟且度日，便不在乎所谓的公正。本不该忍受的行为竟然成为常态。

祖父会立刻叫醒我们，看清世界的不公平和不公正。我们为什么要接受偏见和不公？我们必须与之全面斗争到底。祖父鼓励人们采取行动，但不会让他们回仇恨以仇恨，回愤怒以愤怒。那样做只会让问题更严重，根本解决不了问题。他认为，只有积极的手段才能改变现状——爱、理解、奉献和尊重。

祖父的努力从邀请当事人对话开始。如果当事人拒绝邀请，他就会发起大规模抗议来获得民众的支持和同情。

祖父过去倡导的非暴力手段在如今也适用。但我们不能忘记最终想要达到的目的。比如说，暴力的警察射杀年轻非洲裔美国人的行径残忍，需要谴责。但抗议并不能只强调惩罚罪犯。我们要看得长远一些。确实得有人站出来为罪行负责，可整个群体更大的目标应该是尽可能消除潜在的恐惧和偏见，从而避免悲剧重演。否则，恐惧和偏见长存，没过多久就又会爆发。

我们或许可以试着理解隐藏的偏见，即使心怀好意的人也可能不自觉地犯错。在甘地非暴力学院，我们有一个关于种族多样性的活动。每个人都要戴上以各个种族的人脸为模型制成的面具。戴上面具后，站到镜子前面，看着镜子里那个人。每个人有两分钟时间来描述镜中人的模样。

参加活动的大多来自中上层阶级，来自不同的种族。我们以为自己不会有偏见，可我们每个人都错了。我们的描述里充斥着固有的偏见。看着不一样的面孔，我们对镜中人有了种族上、性别上和年龄上的期待。

我来自南非，在那里受过最严重的歧视，所以我清楚其危险性。与祖父度过的两年让我坚定了与偏见斗争到底的决心。不过那天的活动又让我意识到，我与任何人一样都会以貌取人，形成先入为主的偏见。

祖父的目标是帮助社会大众看到彼此之间的共同之处，弥合差异。而很多团体采取了相反的策略，利用分歧达到分裂的目的。它们不惜让整个社会陷入瘫痪，从而让人们察觉到它们的存在，给予它们尊重和认可。它们不求理解和接受，完全活在自己的世界里。我同情它们的困境，也知道个中难处。但没有一个社会能在分裂的政策下苟活。分裂的国家和群体必定走向灭亡。如今说这句话一点都不为过。

很多领导人幻想关上家门，假装门外的世界不存在，或者与他们无关。但世界在变小，社会的种族和宗教更加多元化。祖父看到了这种变化，明白我们不应该只活在自己的群族里，而只在商业活动中加入主流社会。相反，我们要就长久利益达成共识，团结友爱地生活，互帮互助地工作。

如今的美国已经陷入政治的旋涡。人们活在独立的社群里，相互之间划清了界限。很多人投票选的不是为广大人民群众谋福利的候选人，而是他们以为能为自己所在的群体获取利好的候选人。（讽刺的是，这样的愿望也只能是幻想。）真正的平等要求我们走出自己的小群体，看到大局的利益。真正的民主社会是公平的，兼容并包，尊重每一个公民。

"政客们最擅长给真理蒙上神秘的面纱，诱导选民把注意力从长久重大的议题转向眼前之苟且。"我真希望祖父的话能印到每一个投票站里。政治宣传为政客的个人利益和空头支票所裹挟，而大局和要务则被人为忽略。最终，人民苦不堪言，国家无长足发展。

政客们最擅长给真理蒙上神秘的面纱，

诱导选民把注意力从长久重大的议题转向眼前之苟且。

在柏林，纪念大屠杀中丧生的犹太人的纪念碑随处可见，这些人都是无端仇恨的受害者。中央广场上贴的海报再现了第二次世界大战临近尾声时这座城市的惨状，当时德国公民无食无居，在战乱中抱团取暖。来自不同背景、怀抱不同梦想的无辜之人受尽折磨，魂断此处，一切皆起于恨。纪念碑应该给我们希望，给我们教训，给我们警醒，让我们不再重蹈历史的覆辙。

但我们与过去有何不同？我们是否吸取了历史的

教训？对多元族裔的纳粹式仇恨正在世界各地蔓延，这是我们当下最严重的危机。每天都有人尝到苦果，从校园内的欺侮到街头的骚扰，从大规模杀戮到难民流离失所。第二次世界大战以来，仇恨淹没了柬埔寨、卢旺达和波斯尼亚。眼下，我们正在见证叙利亚的毁灭。恐怖看似遥不可及，但家破人亡的人们与你我并无两样：他们也想从事有意义的工作，他们也想养家糊口，他们也想安全地抚养孩子成长，他们也想支持自己的族群，他们也想过和平安稳的日子。可他们住在难民营，心想着为何没人在乎他们，为何无人伸出援手。

我们只有认识到彼此间的共性，而非差异，才能以不同的角度看待世界。眼下的矛盾以及近来的悲剧或许影响不到单独的个人，可今日之小扰或许就会导致明日之大乱。我们一旦开始划分人的类别——种族、宗教、国籍、性别、性取向、政治倾向、体型、年龄、社会经济地位、健全或残疾、语言、口音、性格、最喜爱的球队——分类的标准无穷无尽。最终，总有人会成为我们眼里的异类。

　　远离我们的仇恨和歧视总是令人疑惑。很多美国人分不清卢旺达的胡图族和图西族，辨不明中东的什叶派和逊尼派，甚至都不知道伊斯兰教和印度教在印度的区别。对一个犹太基督教背景的美国人来说，每组的两者之间差别不大，而事实上他们都是死对头。

　　我无意嘲笑美国人对世界宗教的无知，只想说明人们对宗教的疑惑确实存在。我们经常歧视与自己最相像的人。我们对自己的族群忠诚、对外来者不屑的态度根本不合理。心理学家发现，当人们被随机分到不同的组别时，他们立刻就认为自己所在的组好过其他组。无论这种差别多么微不足道，这种心态是真实存在的。给一群人红色T恤，给另一群人蓝色T恤，他们就自动分为两队。红队成员对红队成员比对蓝队成员更友善和支持，反之亦然。我们总是更乐意帮助和配合"我们的人"，而不是"他们的人"。

　　心理学家正在研究这种"内部集团对外偏见"的现象。有人认为我们天生对类己的族群有好感。我们教育孩子接受固定的文化常态和社会期待，但真正进步的教育体系应该是包容的，而非排他的。这些年来，祖父教给我的平等和包容对我影响深远，在未来亦然。我们不妨也把这些道理教给孩子，尽管外力可能会拉着他们往反方向走。

很多导致分裂和毁灭的问题并不能靠立法解决。只有开放的思想、包容的心态、理解和尊重能够发挥作用。一九六四年，约翰逊总统签署了《民权法案》，给予不同种族、宗教、性别或者血统的国民相同的权利。四年后，美国再次立法保证公平住房。然而，这只是万里长征第一步。即使到了现在，半个世纪过去了，不平等依然存在。

人们只能相信改变有可能发生。《民权法案》签署后五年，司法部就起诉了一家房地产公司因歧视黑人而拒绝向他们租赁房屋。那家地产公司的老总正是唐纳德·特朗普。立法并没有阻止歧视，多年以后，选民们已经不在乎所谓的公平。而如今，他已是美国的总统。

关于民权的立法把美国往前推进了几步，可我们停在了那里。那后半程是自省、启蒙和教育。关于女性、同性恋权利的立法也是同理。通过立法保障人民权益固然关键，但真正的改变源自人们的意识。只有人们看到偏见的危害，承认过往的错误，才能试着拥抱他人，而不是拒人于千里之外。

祖父常说，一个社会的价值并不能用物质的富足程度来衡量，而要通过对全体公民的爱和尊重的程度来体现。他总会提到梵文中"人人幸福"的概念。每个人都有追求自尊、幸福和自由的权利。不过我们的追求或多或少都受到个人利益的驱使。但我们不能死守自己的利益，看到个人需求和欲望之外的世界能够增强我们的幸福感，提升自我的价值。祖父认为所有人都需拥有"自治"的自由，也得帮助他人获得"自治"的自由。这当然不局限于政治自由，他想让"肉体上挨饿和精神上虚无的千千万万人'自治'"。

祖父鉴别行为是否正当的方法很简单。每当你迟疑时，想想你见过的最贫穷羸弱的人，想想你要采取的行动是否对他们有用。你的行动能帮助他们更好地掌控自己的生活吗？能让他们获得尊严吗？能让他们"自治"

吗？如果回答是肯定的，那么你的迟疑很快便消失不见。

无论政坛如何风起云涌，世界如何瞬息万变，我们每个人都能发挥自己的力量。每次我去印度，总被当地的贫穷震慑，总被人民改变生活、助人脱贫的决心感动。

多年前，我曾遇到过一位叫作艾拉·布哈特的女子，她给妇女放小额贷款，帮助她们创业，例如批发、销售水果蔬菜。多年以后，这个项目已经惠及全印度九百万女性。之后，那些创业者告诉布哈特，她们不想通过商业银行贷款，希望能成立自己的合作公司。布哈特向她们解释这样做的难度。多数妇女并不识字，甚至都不会写自己的名字。可她们说："我们愿意学！"

于是，大家都到她的起居室。布哈特给她们即兴上了一课，没想到上了一整夜。次日一早，她收集齐必要的表格，自豪地看着每个女同胞在成立书上签下自己的名字。她们称自己为"自雇妇女协会"，之后便创立了"自雇妇女协会合作银行"。自成立以来，银行业务蒸蒸日上，帮助了越来越多的贫困妇女创业，获得经济独立。

银行在一九七四年创立之初约有四千名妇女入股，

每人支付了不到一美元。如今银行的活期储户过万。除了储蓄和信贷业务，银行还提供医疗服务和法律援助。

英德拉和普施皮卡·弗雷塔斯两姊妹住在芝加哥，开创了服装设计项目，并把设计送到孟买，让那里的妇女学习扎染、版印和缝纫。她们制成的服装通过目录销售进行贩卖，之后利润的百分之八十归她们所有。这个项目也慢慢做大做强，如今已经成为支持儿童和妇女的医疗健康保障，而创建这个项目的顽强妇女都是从赤贫起步的。我认识弗雷塔斯一家已久，两姊妹的父母也是热心人士。即使在困难重重的世界里，他们坚持教孩子人性之善，也自豪地见证她们承担起社会之重。

与不同的人建立个人联系也能克服偏见、找到共性。国际教育学会有很多项目，他们监管着全球各国学生的奖学金。一些诸如富布赖特的奖学金是专门留给高级科研工作的，但国际教育学会也会鼓励大学生出国留学，开阔眼界。学会主席艾伦·古德曼博士看到了教育的广泛影响。他深入叙利亚内部，帮助成千上万流离失所的学生重新获得教育。他说，"如果我们不帮这群孩子，就是亲手把他们送给 ISIS。"

古德曼博士深知非暴力和教育之间的紧密联系。幻想用武器和仇恨改变世界的人最终只会摧毁世界。而唯有教育才是正道，没有教育就没有希望。

古德曼博士还发起了一个项目，专门鼓励大学生出国交流一学期。其他机构则给高中生提供出国学习的机会。他们通常会住在寄宿家庭，就读当地学校。在国外学习生活的经历会对人的一生产生挥之不去的影响。这些学生每天都与拥有不同风俗习惯、社会传统和未来展望的人生活在同一个屋檐下。每晚与他们共进晚餐，偶尔与他们共庆佳节都让这些学生感到自己属于更大的世界。若干年后，当他们听见政客高喊移民和境外人口的威胁，他们就能有一个不同的、包容的、睿智的立场。他们不会害怕"那些人"。他们只记得交换那年，寄宿家庭爸爸做的晚餐，以及与家里妹妹在星空下玩耍的情景——他们不再是美国人或者印度人，他们是世界公民。

"9·11"事件后几年，纽约还未走出恐袭的阴霾。但城里有一道独特的风景线，就算是最繁华的街区也能看到他们的身影。他们就是推着手推车的小贩，是他们给了这个繁华的国际大都市一丝小城独有的人情味。住在曼哈顿的一位女士在市中心一栋摩天大楼里上班，每天早上她总会走到街对面，在小贩那里买一根新鲜的香蕉。好几个月，寒来暑往，天还没亮小贩就到了集市，水果一卖就是一整天，直到深夜才收摊。女士很欣赏他的勤恳，小贩告诉她，"我有两个孩子，我想给他们的人生创造点机会。"这是小贩的解释。女士经常与他交谈，但小贩不知道，恰恰是他的活力朝气给了女士每天开始工作的动力。某天早上，小贩说他赚了钱，得收摊几个月，给家里送钱去。

"你家在哪儿？"女士问他。

"阿富汗。"小贩答。

话音未落，女士如触电般跳了起来，惊恐地看着小贩。他操着浓重的口音，皮肤黝黑，但他的善良和好心从未让女士料想到他竟是这个国家的"敌人"。而那一刻，她又意识到，眼前这个人根本不是什么敌人。她看着他脸上的笑容，笑里写满了与妻儿团圆的渴望——他不过是一个平凡的男人，并不是什么危险分子。女士情不自禁地抱住了小贩。"替我向家里人问好，希望他们健康幸福。"女士说着便离开了。

祖父常说："一盎司的实际行动好过一吨的理论教训。"我们当然可以坐而论道，大谈理解他人，遏止偏见。但空谈无用，必须把行动落到实处。或者去到异国他乡学习，或者看到与你长相不同之人的内在人性（然后给他们一个拥抱）。我们都想让自己和家人过上美好生活，与他人平等。采取行动是改变主意、影响他人最好的方法。如祖父所言，"行动是最好的演讲，行动是最好的宣传。"

祖父所谓的非暴力远远不止让我们放下武器这么简单。他关注的是整个国家的问题，我们如何解决这些难题，又如何给予和获得尊重。我在草丛里寻找铅笔头的那晚，就意识到非暴力的理念有着更深广的内涵。它要求我们理解浪费和拜金的消极影响，以及尊重他人的积极价值。仅仅关注理念的一面——杜绝肢体暴力——只会让它沦为笑谈。那些在巴勒斯坦参加起义的人号称自己采取了非暴力的行动，只因他们拿石头砸了以色列人，而没有用枪射击。加利福尼亚州伯克利的"喧闹社会"组织号称自己采取了非暴力的行动，只因它没有直接伤人，而是毫不犹豫地砸烂商店橱窗、毁坏他人物品。类似的行为哗众取宠，根本不值得同情和理解。挥舞着棒球棍来改变自我、改造社会简直无稽。

　　人类历史不乏暴力、战争和群族之间相互攻击。暴力夺去了无数条性命，还有更多人遭受着偏见和仇恨的虐待。种种原因导致很多人没能过上安静平和的生活。我们不会忘了南非的种族隔离政策，不会忘了它的荒唐和危害。不过我们总在给自己找借口，为自己每天的偏见行为开拓。

　　人们不愿意正视自己行为可能造成的破坏，这让我很是沮丧。但我总是深吸一口气，回想祖父淡然的微笑。他知道改变没那么容易，不可能立刻发生。自由、平等与和平的奋斗之路道阻且长。于祖父而言，为理想而战意味着被反复监禁，意味着目睹妻子朋友惨死狱中。

　　但即便是这样，我想他也会毫不犹豫地告诉我们所有人，他所受的苦难都是值得的，而我们的奋斗也一样。非暴力的方法需要时间和耐心。祖父的榜样时时提醒我们，全人类的平等和尊严值得我们为之奋斗——只要我们以非暴力的理念处之，哪怕我们知其不可而为之。

人生至乐

二〇一五年的一天，一尊约两点七米高的铜像在伦敦的议会广场上竖立起来。没错，那正是我的祖父。那一刻，过去与祖父共度的美好时光萦绕在我脑海里。广场上所有伟人雕像的本尊都为英国政治和世界发展做出过巨大的贡献。

如果祖父能亲眼见证这一幕，他一定会开玩笑说，这个雕像比他本人高大太多了。他肯定也不会忘了嘲弄一句，怎么能把他放在温斯顿·丘吉尔旁边——这位前英国首相当年极力反对印度独立，对祖父本人也相当轻蔑。但他同样会感到自豪，在议会广场所有白人领导人的雕像中间，竟有他和纳尔逊·曼德拉两位非白人领袖的一席之地，可见如今的英国已不再是当年的英国了。

时任首相大卫·卡梅伦为雕像揭幕时形容祖父为政治史上"最突出的人物之一"。祖父在观点、品德和领导力方面自然傲视群雄，但在内心深处他与大家是平等的，他的雕像也比其他领导人更靠近地面。祖父一直强调，他是人民的一分子。

祖父从不认为自己是个完人，更谈不上圣人。他清楚自己的缺点，并且持之以恒地改善自我。他明白，如今我们敬仰的宗教领袖或者政治领导最初都是平凡普通的一般人。没有人生来便是圣人，只不过他们奋力拼搏，方才出人头地。

每次听说有人误解祖父，歪曲他的声名，我便很难过。最近加纳大学的部分学生组织了抗议，要求推倒祖父的雕像。祖父自己当然不会介意，他从不为是否受人敬仰而耗费心神。这些学生指责他是种族主义者，认为他不值得被尊敬，祖父肯定有话想对他们讲。学生指出，在祖父年轻时，他曾用"异教徒"这个词来形容南非的黑人。我想，祖父肯定不会否认这一点，他用了这个词是因为这就是当时的常态，而他亦无法免俗。然而，一旦他理解了其毁谤的本质，便不再用它了。

　　祖父或许会提醒这些揪着他错误不放的学生，人无完人——我们都是通过学习和思考改变和提升自己。学生们还抱怨祖父只为南非的印度人发声，对本地的黑人群体并无卓著贡献，他们宁愿为与自己有相同背景的伟大人物立碑。祖父可能会这样回答他们，"我的爱国之心并不排外，始终与我对全人类的爱相契合。"许多非洲的黑人领袖知道祖父的理念始终是兼容并包，德斯蒙德·图图和纳尔逊·曼德拉都受他鼓舞，以他为榜样为自由和解放不懈奋斗。马丁·路德·金也支持祖父的非暴力思想。

　　祖父在加纳大学引发的争议迫使政府不得不把他的雕像移到更安全的地方。加纳政府视祖父为加纳与印度友谊的象征，并始终认为祖父是"二十世纪最杰出的人物之一"。

　　历史上其他伟大人物的人生和事迹也被后世重新审视过，我们毫不惊讶地发现英雄也是有瑕疵的。人非圣贤，孰能无过？我们都是各自时代的产物，都摆脱不了政治的影响和社会的期许。像祖父这样的智者才会想方设法拓宽视野，看得长远，把自己的行动放到历史、当下和未来去衡量。

*

历史的车轮滚滚向前，渺小的我们是如此微不足道，更别说给后世带去影响。但我还是要写这本书，告诉大家这些人的故事。他们的工作和事业对身边的大小群体都产生了重要的影响，我们又何尝不可？世上无难事，只怕有心人。祖父年轻时也没人觉得他能有多大出息，更别说被后人敬仰为圣雄甘地。他骨瘦如柴，一眼看过去，既无权力又无魅力——祖父在议会广场的雕像都是穿得破破烂烂的。无论是活着抑或死去，祖父总在提醒着我们，真正的力量来源于你的信仰，以及你乐于追逐信仰的决心。

我在静修院的时候，祖父总会与我探讨他自己的软肋和弱点，对他早年的经历也直言不讳。他一生最大的心愿就是消除贫富差距和等级观念，帮助人们看清人与人之间的关联和依赖。在波尔战争的救援团里，他冒着生命危险把重伤的士兵抬到战地医院，还不忘救治被英国军队迫害的祖鲁人。如果没有他和志愿者，死伤将会更为惨重。

几乎所有宗教的经书里都会倡导同情、爱和尊重。不信教的人也明白这些概念之于人类交往的重要性。然而我们太容易忘了这些原则，而采取最为便利的方式处理问题。真正的伟大基于对共同人性的认识，来自于人与人之间的相互扶持，而非自相残杀，拼个你死我活。

我们在生活中追求快乐，有时我们从物质中找到快乐，从不断获取中得到满足。但真正的快乐源于更深处，源于为全人类和平与公正的奋斗。祖父拥有我们平凡人梦寐以求的平常心和自足感。他虽然没能打赢每一场战役，无法彻底将世界改造成为他想要的模样。但他的奋斗每天都在继续，从未止息。"快乐在于奋斗，在于尝试，在于咬牙坚持的过程，而非胜利到来的一瞬。"

> 快乐在于奋斗，在于尝试，在于咬牙坚持的过程，而非胜利到来的一瞬。

我们所有人都可以从祖父手里接过接力棒，继续在和平公正之路上奔跑下去，坚定不移地相信非暴力的力量。我始终相信，跟随祖父的榜样，我们就能在这个星球上找到属于自己的人生至乐。

致 谢

我想感谢的人

我最先要感谢祖父母和父母的养育之恩，是你们抚养我长大，让我懂得爱、同情心和同理心的可贵。还有我的姐姐西塔和妹妹艾拉，感谢你们的陪伴和照顾。我过世的妻子苏娜达，感谢你给了我两个可爱的孩子阿查那和图沙尔，感谢你与我一起实践祖父的理念。还有我的孙儿孙女，是你们传承了祖父的非暴力思想，我为你们感到骄傲。

当然，我还要感谢我的经纪人阿尔伯特·李和珍妮弗·盖茨，没有你们就没有这本书，是你们让我看到这本书的潜力。还有我的编辑米歇尔·艾沃斯，一句感谢远远不够表达我的谢意，这份感激永远都在。我还要感谢凯文·欧拉瑞帮我打下这本书的基础，感谢简妮斯·卡普兰帮我找到自己的声音，感谢你们与我携手播下和平的种子。

感谢埃维塔斯创意管理公司，感谢经纪人，以及西蒙和舒斯特旗下的杰特出版社为本书提供的大力支持。

我把爱和同情心写进书里，书里的观点和信念改变了我的生活，希望这本书也能给读者的生活带去美好。

The Gift of Anger

Copyright © 2017 by Arun Gandhi

Published by arrangement with Zachary Shuster Harmsworth LLC, through The Grayhawk Agency

中文简体字版权 © 2018 海南出版社

版权所有　不得翻印

版权合同登记号：图字：30-2017-087 号

图书在版编目（CIP）数据

　愤怒是生命给你最好的礼物 /（印）亚伦·甘地
(Arun Gandhi) 著；宣奔昂译 . -- 海口：海南出版社，
2018.4

　书名原文：The Gift of Anger

　ISBN 978-7-5443-8093-5

　Ⅰ . ①愤… Ⅱ . ①亚… ②宣… Ⅲ . ①回忆录 – 印度
– 现代 Ⅳ . ① I351.55

　中国版本图书馆 CIP 数据核字 (2018) 第 054360 号

愤怒是生命给你最好的礼物

作　　者：（印度）亚伦·甘地
译　　者：宣奔昂
监　　制：冉子健
责任编辑：晏一群
封面设计：韩庆熙
责任印制：杨　程
印刷装订：三河市祥达印刷包装有限公司
读者服务：蔡爱霞　郄亚楠
出版发行：海南出版社
总社地址：海口市金盘开发区建设三横路 2 号　邮编：570216
北京地址：北京市朝阳区红军营南路 15 号瑞普大厦 C 座 1802 室
电　　话：0898-66830929　010-64828814-602
投稿邮箱：hnbook@263.net
经　　销：全国新华书店经销
出版日期：2018 年 4 月第 1 版　2018 年 4 月第 1 次印刷
开　　本：880mm×1230mm　1/32
印　　张：8.25
字　　数：100 千
书　　号：ISBN 978-7-5443-8093-5
定　　价：39.80 元